作 家 小 书 房

一 切 都 源 自 童 年

پرواز عقاب در فراز پامیر

国家出版基金项目
NATIONAL PUBLICATION FOUNDATION

雏鹰飞过帕米尔

毕然 ———— 著

作家出版社

图书在版编目（CIP）数据

雏鹰飞过帕米尔/毕然 著. -- 北京：作家出版社，2020. 10
ISBN 978-7-5212-0600-5

Ⅰ. ①雏… Ⅱ. ①毕… Ⅲ. ①纪实文学 – 中国 – 当代
Ⅳ. ①I25

中国版本图书馆CIP数据核字（2019）第120119号

雏鹰飞过帕米尔

作　　者：毕　然
策　　划：左　眴
责任编辑：邢宝丹　桑　桑
装帧设计：李思安
插　　图：韩　潇
封面塔吉克语翻译：扎甫吐力江·买买提江
出版发行：作家出版社有限公司
社　　址：北京农展馆南里10号　　邮　编：100125
电话传真：86-10-65067186（发行中心及邮购部）
　　　　　86-10-65004079（总编室）
E-mail:zuojia@zuojia.net.cn
http://www.zuojiachubanshe.com
印　　刷：中煤（北京）印务有限公司
成品尺寸：148×210
字　　数：132千
印　　张：6.875
版　　次：2020年10月第1版
印　　次：2020年10月第1次印刷
ISBN 978-7-5212-0600-5
定　　价：29.80元

目录

引子：群山回唱 / 001

第一章　冰山阿塔

冰山阿塔 / 005

香港·香港 / 015

小苏菲亚的眉石 / 022

祖拉的密码 / 030

婚礼中的肖开提 / 039

走出大山的马克布夏 / 049

第二章　石头城堡下的天籁之音

小夜莺之梦 / 061

迪丽娜热的爱莲说 / 070

海日尼夏的雪纸条 / 078

足球少年喀吾沙尔 / 088

纸鸟飞向天使 / 094

最后一课：用鹰舞告别 / 102

第三章　仰望帕米尔的星空

杏树下的星空 / 111

古丽妮莎的太阳 / 120

爱照相的骆驼小王子 / 128

手上有火的小艾米尔丁 / 135

伊萨克与猫 / 143

依马木江的烦恼与奋斗 / 152

第四章　雏鹰飞翔

雏鹰初飞 / 163

将来做个宇航员 / 173

铁塔坑的凯迪拉克 / 181

骑着骆驼去远方 / 189

永远的"夏德曼"老师 / 199

后记：永不告别 / 208

评论：雏鹰亮翅　邱华栋 / 211

办理边境通行证的事由栏上，我写下了"支教"两个字，感觉庄严而神圣。那一刻，我揣想着曾经奔赴帕米尔高原去支教的老师的心情，我将寻访他们在高原上播撒知识和爱心的阳光，去看望那些可爱的孩子们。

去帕米尔高原的路，旷达而高远。指南针上的海拔高度不断攀高，几乎每一分钟，就要增加三十米。路指向远方，雪白的云彩挂在山间，慕士塔格峰在层层山峦后闪闪发光。

行旅中响起塔吉克族民歌《古丽碧塔》。三年前，我在提孜那甫草场听到香港·库里的歌声，那略微变声的音调中流淌着天然的群山气息。"花儿为什么这样红？为什么这样红……"那天籁之声一经响起，仿佛群山回唱，荡气回肠。

移动的羊群、高大的骆驼和牧羊的孩子，使得静谧空寂的喀拉库里湖畔有了生气。那些举着羊鞭子、脸颊晒得黑红的孩子们，在离天最近的草场上，一天天长大了。

忘不了那些光着脚在沙土中朝我奔跑的孩子，眼睛明亮、笑容纯净，甜脆的声音此起彼伏："老师，我会想你的！""老师，你像我妈妈！""老师，你要快点儿来看我哦！"

"孩子们，我来了！"当我把目的地放在一张小小的机票上，时间已经从上面划过了三年。三年前的那些孩子可能已经长得很高了，他们还能认得我吗？

车每行进一步，离塔什库尔干就更近一步，离我牵挂的孩子们也更近一步。当老师最幸福的就是有那么多的孩子可以关照，被那么多的孩子所挂念。

远方之远，高山之高。大路朝天，群山回唱。我将驶向塔什库尔干，驶向公主堡，驶向红其拉甫，驶向与梦想相连的秘境，驶向我的孩子们……

第一章

冰山阿塔

冰山阿塔

一

　　远望帕米尔高原，眼前是令人惊奇的一派群峰突起。感觉就像儿时躺在草地上小憩，猛睁开眼看见父亲伟岸的身躯出现在地平线上。越过海拔4500米的苏巴什达坂①，你会突然清晰地看到一座耀目的冰峰。那冰峰奇峻高拔，白冠巍峨，仿佛有一股神秘的魔力，让你的眼睛再也舍不得离开。

　　塔合曼小学的校长亚力坤望着晶光四射的冰峰，眼睛发亮，说："那是慕士塔格峰，塔吉克族人的阿塔②，父亲一样的山。"

---

① 达坂：塔吉克语，指垭口。
② 阿塔：塔吉克语，指父亲。

海拔7546米的慕士塔格峰，像一位须眉交白的寿星气定神闲地矗立在世界之巅，被塔吉克族人视为神山。亚力坤说："每天早上的第一件事就是对着神山祷告，求冰山阿塔保佑。如果家里有亲人出了远门，也会对着慕士塔格峰祈求冰山阿塔保佑平安。"在高原上生活的塔吉克族人始终认为自己在冰山阿塔的注视下。这座山如同父亲一般，会给予人无穷的力量。

对着慕士塔格峰行注目礼，内心会感受到一股无形的震撼与鼓舞。那峰顶的皑皑白雪，犹如一位睿智老者的满头白发，那冰川如同他胸前飘动的银须，那闪射的晶光犹他坚定而澄澈的目光。

九岁的祖里卡尔夏开学就要上三年级了，他的家在慕士塔格峰下，他的学校是离慕士塔格峰最近的一所小学。他是在冰山阿塔注视下长大的孩子。

顺着一条密集的绿树长廊，往前走就能看到塔合曼小学。学校主教学楼顶部是塔吉克族人帽子的造型，带着鲜明的塔吉克族风情，而烘托和提升整个校园气势的背景正是雄伟的慕士塔格峰。

在亚力坤校长的办公室，祖里卡尔夏和孜比达汗正在练习诵读一篇演讲词。

"后天深圳援疆考察组要来咱们学校调研、了解情况。"亚力坤眼睛亮晶晶地对两个学生说，"这次学校请学生来介绍情况还是第一次，你们俩的汉语说得好，这也是向外界展现塔吉克族学生学习生活的机会。"

祖里卡尔夏心领神会地点了点头，自豪地一笑，露出两颗缺了口的门牙。孜比达汗则扑闪着一双透露出腼腆笑意的大眼睛，手里扭着一根又粗又黑的麻花辫。

演讲预演开始了，祖里卡尔夏站得笔直，他穿着塔吉克民族服饰，白色立领衬衫上绣着精美的民族花边图案。他的声音清脆干爽，像雪山下跌宕的溪流。他这口字正腔圆的普通话是深圳支教老师袁英教的。袁英老师音色纯净，说话时脸上会露出两个小酒窝，一张口就把塔合曼小学的师生迷住了。祖里卡尔夏感觉自己从来没有听过那么好听的声音，于是每天下课都会跟着自己的语文老师袁英进进出出，成了袁英老师的"小尾巴"。

祖里卡尔夏和孜比达汗一遍遍大声诵读着演讲词。有时祖里卡尔夏会矫正孜比达汗说："你说话要慢一点儿，元音拉长一点儿才好听呢。"比他大两岁的孜比达汗，已经要上五年级了，话不多，总是用一双有着蝴蝶翅膀般长睫毛的大眼睛表示自己的态度。

听完两个学生的演讲预演，颇感满意的亚力坤校长又要离开办公室去忙碌了。学校虽然已经放假了，可是要进行维修、粉刷和装饰，还有

祖里卡尔夏

其他杂七杂八的事情。教师们都放假回家了，还有一些前来短期支教的老师已经离职。此时，他的口袋里还揣着一封支教老师给他写的告别信，他还依稀记得袁英老师临走时婆娑的泪眼。"我们会永远记住这些老师，他们是传播文化的天使。"亚力坤校长郑重又动情地说。

二

"汉语是我心爱的，我最喜欢上语文课。"祖里卡尔夏对爸爸买买提夏说。他经常将作业本上满满的红对钩和老师鼓励的小红花骄傲地展示给爸爸妈妈看。因为他知道，只要爸爸看到了，就会开心地抱起他，把他甩呀甩的，他的两条腿随着风在空中荡起。有时爸爸会把他扛在肩上，跳起鹰舞，随着回旋的节奏，风在耳边呼呼作响。其间，他会从各个角度看到那座皎白伟岸的雪山。

在爸爸肩头跳鹰舞的感觉，在写字的时候也有。祖里卡尔夏一写起字来就感觉格外畅快，以至于妈妈每次看到他在写作业，就不会叫他出去干活儿了。妈妈总说她不会写汉字，不会说汉语，就像没有了一只眼睛一样，还特别后悔当时没有好好学习。"记住，学习要拿第一名哦。"

妈妈常常这样叮嘱他。

"我已经攒了三十几朵小红花，袁老师说我如果能得到一百朵小红花，明年夏天就可以参加去深圳游学的夏令营。"祖里卡尔夏晃了晃手中的作业本说，"听从深圳回来的'香港'说，深圳很美，大得不得了，有好多好吃的好玩的，那边的叔叔阿姨、小朋友都很友善。"妈妈的眼睛里有两簇灰蓝色的柔光，她用充满赞赏的目光看看儿子，又看向远方。祖里卡尔夏顺着妈妈的目光望向远方的雪山。

老师布置的暑期作文有一篇是《我的理想》。祖里卡尔夏用铅笔写下题目，他眨眨眼睛，挠着头，又想起了袁英老师。上课的日子，她每天早上都会在学校门口迎接学生。她特别爱笑，笑起来的样子比阳光还美。她的脸圆圆的，笑起来眼睛就变成了弯月亮。孩子们都亲切地喊她"袁妈妈"。

学期期末，他觉得袁英老师的脸不再像圆圆的月亮了，有时看见她的圆眼睛肿成两条小鱼，课间她会用水吞下大把的白色小药片。他不知道自己该怎么说出内心的感受，他从院子里挖出一棵小小的玛卡①，放在袁英老师堆满作业本的办公桌上。听大人说，喝了玛卡水，

①　玛卡：生长在高海拔山区的一种植物。营养成分丰富，常用于滋补身体。

头就不会晕了。

　　放假前，他远远地看见袁英老师拖着一个大行李箱，戴着白口罩，在校园门口徘徊。她不断地擦着眼睛，单薄得像在风中摇摆的垂柳枝条。

　　一辆白色的小车停在她身边，车上有人帮她搬运行李。"老师，老师，袁妈妈，你去哪儿？"祖里卡尔夏听见自己尖厉的声音，一阵山风回旋着刮过来，他的声音似乎被风稀释了。袁老师一定没有听见，否则她怎么就那样钻进小车里，头也不回地走了呢？

　　她去哪儿？她是回家了吗？袁英老师对他说过，她的家很远很远，那儿有大片的田野、村庄和人群；那儿有一条大河，大河里有船，有鱼还有桥；那儿还有高楼、有着斑马线的车道和一种叫汉堡包的食物……她还会再来塔合曼小学吗？祖里卡尔夏呆呆地望着小车远去的影子，直到看不见为止。他的心里涌出一种难以言说的惆怅。

　　祖里卡尔夏一边想着，一边在作文本上写着："将来长大了，当个语文老师也很不错呀。如果可以的话，最好是在塔合曼小学当老师，因为塔合曼小学的汉族老师很辛苦，他们的家都不在这儿，他们也会想家，也会偷偷地哭鼻子，有时一回家就不来了。如果我当了小学老师就可以天天在学校里，学生就不会找不到老师了。"

三

祖里卡尔夏已经把演讲词背诵得滚瓜烂熟了，他和孜比达汗坐在办公室等着亚力坤校长。

教室外的操场上，一群学生正在排练鹰舞。祖里卡尔夏看着他们跳着舞，也禁不住地手舞足蹈。他对孜比达汗说："一起去跳舞吧。"孜比达汗点点头。

亚力坤校长处理完教室墙体裂缝的事，已经是中午时分了。他看着操场上一群穿着花花绿绿民族服饰的学生，喊道："孩子们，你们的鹰舞学得怎么样了？"

"学会了，我会跳了。"

"我也会跳了。"

"我每天都在家练习跳鹰舞，就等着客人来了给他们跳舞呢。"

孩子们呼呼啦啦地围过来，七嘴八舌地说。

"好！"亚力坤高兴地说，"鹰舞是我们塔吉克族人的翅膀，每个塔吉克族人都应该会跳鹰舞——来，孩子们，一起跳起来吧。"

亚力坤从衣兜里取出一支小巧的鹰笛，举到唇边吹奏起来。

鹰笛是用鹫鹰的翅骨制成的，在阳光下闪现出鹰骨独有的莹白色彩和光泽。它发出的声音，时而像冰川细微开裂的声响，时而像飞鹰相互召唤时的鸣叫；尖锐而不失婉转，低沉而不失悠扬。

在空旷的校园中，在浩荡的风声中，这声音乍听起来并不嘹亮，似乎有些单薄。但凝神细听，有一种盘旋直上、冲破云霄的韧性。高远、悠扬，悠扬、高远，一直传过那高远又高远的冰峰去。

伴着鹰笛的响起，祖里卡尔夏应声而出，率先跳起了鹰舞，动作欢快敏捷，像一只小雏鹰。

孜比达汗也跳起了舞，她的花裙子在回旋中展开，像一朵盛开的花。

此刻，那座帕米尔高原上的神山——气势巍峨又神清气爽的冰山阿塔，在阳光和麦浪的映衬下显得光彩夺目，那闪烁的金光犹如慈父温暖又欣慰的眼神，打量着这群纯净天真、英气勃发的冰山之子。

身材瘦小的祖里卡尔夏忘情地舞蹈着，神采飞扬，姿态舒展；一招一式，收放自如。他的舞姿很快完全融入了鹰笛的旋律，如同一只放飞的雏鹰，在操场上，在冰山下，在阳光和风间飞旋、翱翔。

亚力坤清澈的眼睛，也随着跳荡的阳光晶亮地闪烁着。"祖里卡尔夏，起飞！起飞！再起飞！"他挪开唇边的鹰笛，兴奋地喊道。

祖里卡尔夏应声跳出一个幅度超大的旋舞动作，同时顽皮地用力闪了闪眼睛，开心地笑出声来。

香港·香港

一

　　塔吉克族小女孩海日尼夏·库里和哥哥香港·库里一起走在提孜那甫乡闪闪发光的牧场上，一大早他们就知道有人要来他们在科尔沁夏牧场的家。夏天来塔什库尔干的人很多，总有些奇奇怪怪的人通过各种途径找到"香港"。

　　几天前，从一辆车上跳下几个挎着"长枪短炮"的人，他们对着牛拍照，对着羊拍照，趴在草丛中拍一朵花，对着家里"干打垒"①的土

_____

① 干打垒：新疆南部地区少数民族常见的一种住房，是用掺着草的泥土和石块构建的。

墙拍个不停。海日尼夏和家里人都成了闪光灯下的模特，不过她发现哥哥不像从前那样爱照相了。

"今天，据说要来的是一个作家。"海日尼夏一边捡着牛粪，一边说。他们走了大约十分钟，迎面看见一辆车。

牧场上，青草的气息扑面而来，草原如绿绸起伏，一条弯弯曲曲的车辙伸向草原中的小屋，背后是慕士塔格雪峰莹莹的注视。香港嚼着一棵甘草根茎，慢悠悠地拾起一块牛粪。这些牦牛粪晒干之后是家里日常使用的燃料。拾牛粪也是他每天必须做的一项功课。

"唱个歌吧。"海日尼夏说罢，大声唱起来。

"哥，怎么好久没听你唱歌了？"

香港摇摇头，有些困惑和遗憾地说："我不知道自己的嗓子怎么了，声音似乎不是我的了，它完全不听我的指挥了。"

他望着远处的萨拉阔雷岭，唱了一首歌。那声音一经发出，周围的花木似乎都在安静聆听。

"哥，你的声音有些嘶哑，感冒了？"

看到香港迷茫的表情，海日尼夏扑哧一笑，狡黠地说："哥，你是不是开始变声了？迪娜老师说，每个孩子到了青春期都会变声的。"

"变声？青春期……"香港陷入了更为惶惑的焦虑中。为了掩饰自己的情绪，他跟着妹妹唱了几句，那是他最喜欢的塔吉克族民歌《古丽碧塔》。他在香港演出时曾唱过这首歌，台下掌声雷动的景象，至今想起仍然恍如做梦。

他们慢悠悠地沿着坑坑洼洼的路走向草原中的小屋。"哥，讲讲你去香港演出的事吧。"海日尼夏拉起哥哥的手，虽然她听了不止一遍，却仍然像听不够似的。香港讲了也不止一遍，似乎每一遍讲得都不一样。

二

在高大山峰的环拥下，一条如同黑色带子的柏油路围绕着塔合曼草原。爱唱歌的香港从这条路走进县城去上学，也从这条路走出帕米尔高原。喀什、乌鲁木齐、广州、深圳、香港……这些在地图上的城市鲜活在眼前，走出帕米尔高原的他睁大眼睛看着这新鲜的一切。离家越来越远，城里的人越来越多，楼越来越高，车也越来越多。草原、雪山的气息渐渐地被一种来自大海的腥咸、潮湿的味道替代了，家乡被火车、飞机和轮船远远地抛在了身后。从地图上看，香港走过的，不过是一条穿越几个花花绿绿板块的路径，可对于这个第一次走出塔什库尔干的孩子而言，这段旅程闪闪发亮，终生难忘。

以前，香港经常对着大山唱歌，大山沉默地回应着他的尾音。他经常对着草原唱歌，夏牧场上的每一株针茅草和紫云英都听过他的歌声，还有羽翅闪着银光的蜻蜓，花丛中翻飞的蝴蝶，草丛中躲躲闪闪的旱獭，都是他的听众。可论起最佳听众，非"很多"莫属。"很多"是一条极其听话的小黄狗，样子乖巧可爱。每当香港唱歌的时候，它总是静静地跟在一旁，竖起两只好看的小耳朵凝神聆听。

香港唱起歌来一向富有激情，可是无论他唱得怎么好听，除了这些不会说话的小伙伴们，却少有人倾听，更乏人喝彩。当寂寥如同秋草萎黄了整个草原，他也渐渐变得沉默而忧郁了。

白天的静默与晚间的璀璨形成了鲜明对比，在香港的梦里，那次旅程中的那些灯火辉煌、掌声雷动的情景一再地出现，固执地在黑暗寂寥的日子里根植在他的梦乡，而且日渐高大鲜明。舞台、花朵、掌声，潮水般地扑来，又呼啸着退去。当他在维多利亚海港，第一次看到那湛蓝的泛着银光泡沫的大海的时候，当他被各种面孔和手臂包围着的时候，一种从未有过的兴奋和愉悦充满着他的每一个毛孔。

而这一切退去得太迅速，当他不得不朝着家的方向返回，摩天大楼、霓虹闪烁、车马奔腾、人潮涌动的一切，如同一道布景正在渐渐撤换。

走了那么长时间的路，见了那么多的人，家乡为什么还在那个遥远封闭的高原之上？塔什库尔干何时能够建起一座荧光闪耀的摩天大厦，拥有一座闪亮耀眼的舞台？

当香港回到熟悉的大山，面对永远矗立的慕士塔格峰，日子又回到了从前，而他却已经无法回到自己的从前。他深切怀恋着那在激光灯下的表演，深切渴望有一天再次回到那气氛动人的舞台。

不幸的是，有一天早上，他从梦中醒来，却发现自己的嗓子又干又痒，甚至说不出一句话。一连几个月，无法纵情歌唱的他痛苦至极，无论如何不敢相信这一切是真的。然而，他实在不能再像从前那样自如地发声了，再也不能对着大山大声喊叫了。他的确进入了残酷的青春变声期，面临着戏曲行当术语叫作"倒仓"的瓶颈。

三

夏窝子顶上搭建的树枝条，渗透着点点星光，香港和他的家人挤在土炕上。每个人的梦都在头顶上盘旋，最终哪一个可以真正实现呢？

也许，香港注定和生在高原的其他孩子不一样，他的出生时间居然和一个举世瞩目的历史时刻相同。那一天，爸爸库里·沙贝尔江在医院的产房前看电视实况转播，当那一瞬间，他看到英国国旗黯然落下，中国的五星红旗威风升起，国家主席掷地有声地宣布香港回归，而他的儿子就在这全国人民的欢呼声中呱呱坠地，他的内心深深地感到说不出的激动和自豪，于是，他坚决地将这个孩子命名为"香港"。虽然这个奇怪的名字被诸多亲戚质疑，爷爷奶奶也不赞同，他们希望孙子能叫一个和普通塔吉克族孩子一样的名字，然而库里·沙贝尔江执意不改初衷。

不知道是一种必然的宿命、执念的回报，还是偶然的巧合，日后，这个名字真的将一个塔吉克族孩子连接到了香港。2011年7月1日，男孩香港荣幸地参加了在香港举办的一场文艺演出。他那天籁般的童声、独特的民族风情装扮，以及带有帕米尔高原独特气息的塔吉克鹰舞，引起了全场轰动。他和全体参与演出的第一次走出高原的孩子们，得到了此起彼伏的掌声鼓励与喝彩欢呼。

四

"将来我要去考军官学校，不再搞音乐了。"这一天，香港突然对家人郑重其事地说道，接着黯然地低下了头。

"为什么?"海日尼夏惊愕地抓住他的胳膊，"你那么有天赋，以至于我总是嫉妒爸爸把太多的歌唱细胞给了你。"

香港摇摇头，咬了咬嘴唇。他知道，活泼爱笑的妹妹海日尼夏已经考上喀什音乐舞蹈学校，却因为每学期4400元的学费要放弃；他知道，海日尼夏曾偷偷地难过了一段时间，为了不让家人看出来，晚上时常躲在被子里哭。那段日子，香港总是默默地跟在妹妹身旁，连捡牛粪都让着她。直到接到喀什二中的入学通知单，海日尼夏才破涕为笑。

香港的决定让所有人都很意外，可是大家都不知道该怎样安慰他。父亲库里·沙贝尔江用深邃的目光注视着儿子，他原本也是一个出色的民间艺人。对于孩子的选择他并没有表态。他说他完全尊重孩子们的选择。

香港抚摸着身边的小提琴，默默无语地拨弄着琴弦，这是许久前一位来到帕米尔高原的画家送给他的。拨着拨着，他抬起头，将目光投向慕士塔格冰山那洁净高大的雪峰。遥远又庄严的雪峰似乎瞬间给他注入了一股向上的力量，他的神情立刻变得坚毅而肃穆，就像那冬不拉上面父亲的画像一样。

看得出来，香港并没有彻底放弃他的梦想。

小苏菲亚的眉石

一

最近，有个女人总会在下午阳光洒进窗户的时候，迈进库孜买买提·木伊布拉在石头城步行街的店铺。她的目光越过花垫、花毡，一再地停留在那一块块形状各异的眉石上。

库孜买买提的九岁女儿小苏菲亚是店铺里不可或缺的小帮手，放学后她会背着书包，先来店铺，在柜台上一边写作业，一边卖东西。

此时，小苏菲亚正磨着一块眉石，她笑容可掬地招呼着那个对着眉石仔细端详的女人。她的直觉告诉她，这一定是个从山里来的待嫁的新娘。

对方似乎注意到自己的痴迷已被可爱的小店主察觉，动了动略有些干裂的嘴唇，微微一笑，说："我叫苏菲亚，想试试这块眉石，可以吗?"

"苏菲亚? 天哪! 我也叫苏菲亚。"

"噢，真巧!"

两个苏菲亚几乎同时惊呼，她们都在对方的眼睛里看到了不期而遇的惊喜光芒。

"你原来用过这个吧? 你的眉毛那么浓，应该修一修了。"小苏菲亚显出超乎年龄的成熟。

女人那对灰蓝色的眼睛里闪过一丝波光，说："小时候用过，亲戚从很远的山里带来的，我的家乡没有这个。"她犹豫着接过小苏菲亚手中的眉石条，对着镜子在眉毛上轻轻涂抹着。

二

这块黑色石头是库孜买买提在库科西力克乡的山上发现的，那是一个车子去不了的隐秘地方，隐藏着这种含有矿物质的神秘石头。在黑色的石壁上，成群的鹰常年在那里自由自在地栖息，但只要看见人的影子，就纷飞躲散。

据老人说，这种石头可以让女人的眉毛更黑、眼睛更亮，一小块石头一辈子也用不完，是女人出嫁时必备的化妆品。库孜买买提眉开眼笑地采回了一大块，深信这石头能让他致富。

回来后，库孜买买提就一头扎进了眉石的研发上，他将石头分成小秤砣样大小不等的小块，每块石头，配上一个黑色石条。这石条可以通过在石头上的摩擦生出黑色的粉末，用这天然的黑色石粉画眉毛、眼线，会显得眉毛黑亮浓密，眼睛深邃明亮。

产品制成了，销路又出现了问题。爱琢磨的库孜买买提发现维吾尔族人的奥斯曼草生眉液广告上的那个眉目动人的女孩，让这种产品的销量大增。他又注意到几乎所有化妆品都有自己的形象代言人。为了把自己的眉石推广出去，他心生一计。

第二天，印有女儿小苏菲亚头像的眉石广告单用维吾尔文和汉文制成了，广告单中把眉石的功能写为除了美容外还有治疗眼病的功效。这个广告单一经散开，马上就有巴基斯坦等国的商人前来订货。随着游客的增多，一些国内游人对这种独特的物品很感兴趣，印有小苏菲亚头像的眉石逐渐形成一个品牌。库孜买买提还申请了专利。他的小摊变成了步行街上一个大店铺，在店门口的海报上，广告单上那个如同洋娃娃一样的小女孩，正用一双水灵灵的大眼睛注视着往来的行人。

三

　　小苏菲亚的售货成交率很高，几乎没有客人能在她那双会说话的大眼睛前犹豫太久。那么浓黑油亮的眉毛，那么密集翻翘的长睫毛，这可是她手中的眉石最有说服力的广告。虽然她的眼睛透出些许的精明，比同龄孩子的眼神看起来略显成熟，但一个孩子纯净的笑容最能打动人心。

　　这个目光如炬、笑容如花的小姑娘，让一些到此一游的人买了许多可用可不用的货品，大包小包地满载而归，最终还骄傲地炫耀："那是我在塔什库尔干淘的宝贝。"

　　"你快要结婚了吗？身上有股新娘子的味道。"小苏菲亚吸了吸鼻子。

　　"嗯，快了。我的新郎是个汉族兵哥哥。"大苏菲亚说着有些羞涩地低下头。

　　也许是被大苏菲亚欲说还休的娇羞神态感染了，小苏菲亚嗅到了愈来愈浓的甜腻的味道，这味道使人眩晕。最后，大苏菲亚挑了一堆新娘饰品，说："小苏菲亚，我的兵哥哥来接我了，明天还来找你聊天，可以吗？"

小苏菲亚

小苏菲亚微笑着点点头，远远地看到一个像一棵树般挺拔的年轻人，在门外的街角伫立。一身红衣的大苏菲亚冲出门去，急急奔向他的背影，被阳光镶上了一道五彩金边。

小苏菲亚一边磨着眉石，一边看着阳光渐渐地从门枢退到室外的门槛上。

四

小时候，妈妈每次出门前会用一根黑色石头条在眉眼上画着，对着镜子照一照，莞尔一笑。小苏菲亚隐约地感觉到这块石头似乎有着特殊的魔力，看着妈妈的描画，既羡慕又渴望，希望这块石头也能够赋予她如此明媚美丽的笑容。这样的笑容有些女孩子一辈子都不曾有过，而有些女孩子仿佛天生就无师自通。

那些全身散发着喜悦的穿红色新娘装的年轻女子，是高原上的一道祥光，也是小苏菲亚最爱看的风景。无论是新娘头上的"斯勒斯拉"①，

---

① 斯勒斯拉：塔吉克语，指塔吉克族新娘的帽子。

还是脖子上的"迪瓦拉克"①，都是那么亮丽夺目。她们头上戴的圆形花帽，镶嵌着闪闪发光的金银片和珠子，帽子前檐缀有一排色彩艳丽的珠片和银链，再配上一身描金缀银的大红衣裳，新娘子的整个装扮如同仙女下凡，在举手投足之间，在环佩叮当的配乐声中，显得美丽动人，顾盼生姿。

根据塔吉克族的传统习俗，新娘在结婚后要把这样的衣服穿上至少一年的时间，因而新娘们每一次出行便会成为一道迷人的风景。每当街头出现一抹大红，小苏菲亚都禁不住地将她们从头看到脚，直到她们从视野中消失。当然，最好看的是那些女子的眼睛，好像喀拉库里清澈幽蓝的湖水。不知从什么时候开始，当小苏菲亚照镜子的时候，突然惊喜地发现自己眼睛里也有了一汪那样神秘的湖水。

有时，小苏菲亚会偷偷地钻进新娘装里，戴上那顶美丽的帽子。帽子太大了，她不得不一再地将滑落的帽檐扶正，在镜子里一遍遍地欣赏着自己。塑胶男模特穿着塔吉克族的新郎装，那是个汉族人标致的模样，是父亲从乌鲁木齐托运来的，和她见过的高鼻深目的塔吉克族人明显不同。清秀、文气，还有点儿冷冰冰，如果一口仙气可以把他吹活，他会

---

① 迪瓦拉克：塔吉克语，意为项链。

笑吗？会喜欢一个高原上的小女孩吗？小苏菲亚在心里偷偷地想。

有时，小苏菲亚会学着妈妈的样子偷偷地在眉毛上涂抹，那黑密油亮的眉毛里，显然蕴藏了很多渴望长大成人的秘密。妈妈发现女儿悄悄地在用她的眉石，她佯装不知地把眉石放在梳妆镜前，然后看那个轻轻巧巧的影子从晌午的光线中溜进来，对着镜子微启红唇，痴迷地一遍一遍地涂抹着。谁也不忍心去惊扰一个小女孩的执着，每一个女人都会有这样一个时期。虽然妈妈对此有些忧虑：她还那么小啊……妈妈叹气的声音轻柔得如同紫色波斯菊在风中摇曳。而小苏菲亚的父亲库孜买买提却从让女儿着迷的这块眉石上看到了希望。他四十多岁才有小苏菲亚这个聪明伶俐的女儿，女儿是他的心肝宝贝。

库孜买买提回到店铺，看不到小苏菲亚，大声喊道："苏菲亚，你在哪儿呢？"他听到里间仓库发出奇怪的声音，于是掀开门帘，不禁哑然失笑："哈哈，我的小公主，你是想当新娘子了吧？"

小苏菲亚正急匆匆地摘取着头上的新娘饰品，可是越着急越摘不下来。她的脸涨得通红："爸爸，才不呢，苏菲亚愿意一辈子陪在您身边。"说着，她摘下面纱，一溜烟儿地跑了。

小苏菲亚每天下午都在店里一边学习，一边等待。她磨着一块眉石，等着那个来和她聊天的新娘，她还有许多问题想向她请教呢。

祖拉的密码

一

她低下头在本子上认真地写下自己的汉语名字：比比扎热。汉字写得很工整，字很大，占满了整个横格空间。她留着齐眉齐耳短发。黑又密的头发，黑又亮的眼睛，显得她很机灵。她比一起参加合唱演出的孩子显得更为小巧，个头最矮。她说："我八岁，开学上二年级。"一笑，露出两颗缺了口的门牙。

在金草滩演出的孩子们都穿上了塔吉克族服饰，化了妆的小姑娘个个鲜美如花，如同天使落地。整个金草滩因为有了可爱的孩子，弥漫着生动的气息，感觉连阳光都变得更加活泼了。

比比扎热一边吹着口香糖泡泡，一边候场。她的角色是一个为游

祖拉

客演出的小模特，她头上戴着艳丽的塔吉克族人的帽子，嘴角泛起两个小酒窝。

一个游客发现了她，忍不住和她搭腔："小姑娘，你叫什么名字?"

"我叫比比扎热，小名祖拉。"

"'你好'的塔吉克语怎么说?"

"扫科特——"

"'谢谢'，怎么说?"

"热合买特——"

"'再见'呢?"

"赫西——"

那人重复着她的发音，还用手机录下来。身旁一位身材魁梧，穿西装、戴礼帽的老者，胸前别着共产党员的徽章，笑着说："你学会了这三句话，就是有了走遍塔什库尔干的通行证。"

祖拉的汉语说得很流畅，说话时经常手脚并用，姿势和表情都很丰富。她的话匣子一经打开就刹不住了。

二

平时的日子，祖拉总是盼哪盼，掐着手指头盼，盼着过生日。生日的时候，总会有一大桌好吃的，会有漂亮的纱裙，还有亲戚给的红包。过七岁生日时，她躲在一边悄悄地拆开红包，数了一遍又一遍，哇，一共是1680元钱。哈哈，可以用它买一部手机了。

祖拉去了手机商店，看着售货员从商店柜台里拿出一个小盒子，里面躺着一部亮晶晶的手机。打开它，里面的按键发出动听的声音。她第一个就给爷爷打电话，爷爷的手机号她记得最牢。"喂，是爷爷吗？我是祖拉。"爷爷在一旁笑嘻嘻地拍拍她的头。

她可喜欢这部手机了，银色的手机壳闪闪发光，祖拉走到哪儿都要带在身上。

爷爷年纪大了，经常一觉醒来，就不知道该怎么开手机。每次他不会用手机了都会叫祖拉帮他弄好。在祖拉看来，用手机很简单，点几下就可以打电话、发短信，还可以拍照。为什么爷爷学了好多遍都不会？爷爷总说"我老了，记不住东西了，你就是我的聪明脑子嘛"。所以爷爷最疼祖拉，有什么好吃的都会给她留下。祖拉去哪儿，爷爷都会问长问短。无论回来多晚，爷爷总会在巷子口的大石头那儿等她。

可是妈妈却让祖拉把手机交出来，交给她保管。妈妈看手机的眼睛亮晶晶的，如果手机交给妈妈了，她也许就自己用了，就不会还给祖拉了。

祖拉故意拖着不给妈妈，见她生气了，只好不情愿地交给她。但是祖拉设了密码。妈妈不知道密码怎么都打不开手机，气得眼睛圆鼓鼓的。

妈妈不让她玩手机，她就上网玩。祖拉最喜欢看动画片，看一天也不烦。祖拉还申请了QQ，也要设密码。起初她一个朋友也没有，后来就有很多的朋友，有的认识有的不认识。

祖拉打字慢，有时跟不上别人聊天的速度。好几次正在聊天，突然看见妈妈好奇的眼睛，她就不得不慌忙下线。后来祖拉偷偷看见妈妈在电脑上找着什么，又听到她叹气的声音。祖拉猜，妈妈准是在找祖拉的密码呢。

三

爷爷是党员，已经退休好几年了。可是他的衣服上总会别着一枚亮晶晶的党徽，祖拉问他："爷爷，爷爷，为什么你总戴着这个？"

爷爷说："这是一个人一辈子的光荣。"

祖拉若有所思地点点头，说："那我将来也要像爷爷一样，成为一个光荣的人。"

爷爷总会给祖拉一些零花钱，她会把钱藏在一个秘密的地方，所有秘密的地方她都会设置密码。因为祖拉知道妈妈会到处找她的小秘密，不过只要她设了密码，妈妈就看不到了。

祖拉去上幼儿园后，就爱上了剪纸。她喜欢听剪刀咔嚓咔嚓的声音，还喜欢在她手中变成各种形状的纸片。起初，祖拉只会剪些小纸条，后来在纸片中发现了各种好玩的图形，越剪越上瘾。有时，她会乱剪一气，在碎纸片中可以找到没有翅膀的鸟、会飞的小猴子、五个角的叶子、半边的五角星……有时，她会给一个椭圆画上两撇胡子，加上两个黑芝麻点儿，就像爷爷笑的样子。

祖拉剪纸的时候，爷爷从来不生气，总会陪着她，坐在一旁，和她说话时的眼神暖洋洋的，像窗外的阳光。可是妈妈看到了就会不高兴，她一下班回家，总是嫌弃祖拉把炕搞得太乱，说她浪费作业纸，可是那些纸明明都是废纸嘛。

四

每次过皮里克节，都是祖拉最高兴的时候。这个节日也叫"灯节"。祖拉晚上总是怕黑，有了灯，她就敢在外面走路了。

过节的第一天晚上，每人要在家做好两支油烛，插在一个盛满沙子的大盆里，看着烛火在每个人脸上晃动，又红又亮的火苗映得人脸红红的、热热的。全家人围坐在一起，跟着爷爷祈祷、诵经，念每个人的名字，相互祝福。

爷爷说："让我们幸福，一家人团聚。"

爸爸说："让我们家的牛羊不要再生病了，羊娃子多多的，希望我的愿望能够实现。"

祖拉偷偷地许愿："让我学习好，考试能考100分。"

灯节的第二天晚上，全家人要去麻扎①。祖拉偷偷地剪了一部手机，又剪了一个灯笼。她藏着这个小秘密，跟着爷爷去了墓地。墓地里面有奶奶，还有爷爷的爸爸的爸爸。每次去墓地，祖拉都有些害怕，因为亲戚们总是显得有点儿忧伤。婶婶们会一边抹着眼泪，一边祈祷，爷爷会用低沉的声音诵经，祈求去世的亲人们保佑子孙后代平安吉祥。

祖拉看到麻扎里有很多人，大家都来看望不在世的亲人。在麻扎的冷风中，祖拉看到火把在屋顶上点起来了，一束、两束、三束，很快，如林的火把将整个村子都照亮了。她的哥哥姐姐们在空地上燃起一堆篝火，大家举着火把，开始玩游戏，跳舞。

节日那天，晚上比白天要热闹，比白天还要亮堂。祖拉举着火把跑来跑去，火星子跳起舞来，她还能听到火苗噼里啪啦的唱歌声。火，和她一起跑，和她一样发出呼呼的喘息声。有时风大，火苗会发出更猛烈的声音热热地向她扑来，这时她会害怕得大声呼叫爷爷。有一次，火苗热乎乎地扑到祖拉的脸上了，烫烫的。祖拉还见过火把另一个姑娘的头发烧着了，吓得姑娘大哭……

当祖拉把手机和灯笼剪纸，放在奶奶的墓前，她看见爷爷低垂的眼

---

① 麻扎：指墓地。

眸突然一亮，里面跳起两簇小火苗。爷爷抱住她，亲吻着她的额头说："我的祖拉，好孩子。"

妈妈的泪光中燃起了两簇火苗，动情地握住祖拉的小手。祖拉把一枚剪纸钥匙塞到妈妈手里，说："妈妈，这是我的密码。"

婚礼中的肖开提

一

"快起来，肖开提。接新娘子去喽。"九岁的小姐姐阿里尼格尔趴在肖开提的耳边说。她穿着一条花裙子，耳边别着一朵黄色的野菊花，一股清香伴着暖暖的气流，震得肖开提的耳膜痒酥酥的。

他一骨碌爬起来，肚子随即发出咕噜咕噜的声响。他揉揉眼睛，说："我要看新娘子，我要和新娘子跳舞呢。"

肖开提下了炕，在门前的小渠沟里掬起一捧水，洗了一把脸。他一面用手搓拭着脸，一面看着光斑在水纹中跳跃，于阳光下偶尔调皮地一闪。远处的红柳花在枝头上摇曳，沙棘灌木中结满了星星点点的小黄果，几只鸡在草丛中低着头咕咕地寻觅着。

肖开提

奶茶的香气扑面而来，肖开提吸了吸鼻子，说："抓饭快要熟了，羊娃子的肉好香啊！"他挤进厨房，狭长的锅灶旁，妈妈正在案板上切着皮牙子①。

"妈妈，叔叔的新娘什么时候接回来呀？"听到肖开提的话，妈妈回过头，肖开提看到一双布满了泪水和血丝的眼睛，"妈妈，你怎么了？"

"没什么，妈妈切皮牙子，辣眼睛了。"妈妈说着用衣裙边擦了擦眼睛，"谢依拉兹叔叔准备去接你的小婶婶了，她的家有点儿远。"

这时，门外响起了喇叭声。肖开提连忙跑出院子，门外停着一辆戴着红绸子大花的货车。谢依拉兹叔叔穿着塔吉克族新郎服饰，眼睛周围涂着白色的图案，被一群人簇拥着走出来，身上放光。男人们往车上搬运着扎着红绸带的迎亲礼，地毯、家具、电器、日用品等，不一会儿就装了一大车。一个中年妇女手里牵着一头系着红花的白山羊，山羊在红花的映衬下显得更加白皙，它咩咩地叫着被抬上车，身体瑟瑟发抖。几个准备去接亲的青壮男女，有的带着鼓，有的手持鹰笛。他们要一路打鼓奏乐，唱着歌儿，浩浩荡荡地到女方家去接新娘子。

---

① 皮牙子：指洋葱。

二

肖开提看着货车呼地开走，扬起一阵烟尘，转了一个弯，不见了。他回到房间，翻出过年才穿的条纹T恤衫和蓝色小西装，又摸出爸爸留下的黑色墨镜，对着镜子比画着。最后，他参照着土墙上一张发黄的招贴画的外国明星的样子，把墨镜架在头顶上。

阿里尼格尔咯咯地笑个不停，说："肖开提，你真帅，像个大明星。"她将耳边的黄菊花取下来，轻轻拂在肖开提的额头上。肖开提闭上眼睛，说："姐姐，你真香呀。"阿里尼格尔又抽出一条红纱巾，系在肖开提的腰间："去吧，小雏鹰，一会儿新娘子来了，你要去跳舞哦。"

"姐姐，我的园长妈妈教我写字了，我会写自己的名字了。"说着，肖开提捡起一根树枝，在沙土地上一笔一画地写着自己的名字。

"不对，不对，'开'字不出头，以后不要写错了哦。"阿里尼格尔立即纠正他。

"贺喜的客人来了，好热闹，还有一些不认识的人，伯伯说是他们运管局的汉族同事和援疆干部，他说他的汉语没我们说得好，让我们去帮帮忙。"阿里尼格尔说着，拉着肖开提去了叔叔的院子。

"我给客人提壶倒水洗手吧。"肖开提很快找到自己的兴趣点，所有的宾客进入主厅前必须要在门口的铜壶前洗净双手，才能进入。这时，他看到一个带着七八岁男孩的中年汉族妇女，就跳着跑到她身边，说："你长得真像我的园长妈妈呢。"那中年妇女听了，又惊又喜地抱了抱他。

三

洗完手，肖开提带着客人走进土房子。经过一条长长的甬道，里面的客厅让汉族客人惊讶不已。肖开提的伯伯介绍说："这是塔吉克族传统民居，四根雕花柱子代表着四方天地，顶部开设的天窗可以让房间的光线更为明亮。"

客人被主人让到铺着紫红色花毡的炕上就座，每人面前摆上一碗馨香红茶。不一会儿，两盘牦牛肉抓饭端上来了。伯伯用刀子为客人削着肉，见大家一直不动手吃饭，说："这个牦牛肉抓饭按照塔吉克族人的习惯是用手抓着吃的。"他示范着，教客人用右手抓饭吃，除了要用手指按压米粒之外，还要将手弯成盛取食物的容器形状。吃饭的时候要有自己对应的领地，不能随便到别人面前的位置抓取食物。

肖开提坐在那个和自己同龄的小男孩旁边，一边给他示范，一边吃。几个小孩子都饶有兴趣地围过来看着他的一举一动。孩子们学得很快，他们有滋有味地用手抓着吃，体验到了手抓饭的乐趣。伯伯说："塔吉克族人一直以来喜欢用手亲自取食。在没有器皿用餐的时候，手是获取食物最合适、最安全的工具。用手取食也是对食物最大的敬意。"

伯伯一边削着大骨头上的牦牛肉，一边将肉分给每一位客人，显得非常周到。他说："塔吉克族的婚礼要举行三天，今天是在男方家庆贺，新郎一早开着车带着随礼去新娘家迎亲了。在新娘家还要大办一场。"

"塔吉克族人过去的婚礼，也是这样的吗？"有客人问。

"过去呀，新娘与新郎要同骑一匹马回家。"伯伯笑着说，"现在与时代接轨了，条件好的人家结亲用的喜车都是一色的豪华轿车。不过一路上随行的队伍会有赛马、叼羊等传统娱乐活动，结亲的队伍也会一直敲鼓奏乐，吹鹰笛，跳鹰舞。亲戚朋友们都会前来道喜助兴，婚礼很热闹，孩子们都会喜气洋洋地等着看新娘呢。"

不断有贺喜的客人喜气洋洋地送上自己的祝福，大伯不得不起身招呼其他来访的客人了。于是，汉语说得流畅的肖开提和阿里尼格尔，就成为招呼这些汉族客人的小主人。

四

肖开提带着离席的客人们走出餐厅，说："你们不要走，一会儿等着看新娘子哦。"

"新娘子在哪儿？什么时候才能接回来？"

"新娘子嘛，离瓦尔西迭村有点儿远，她的家在山的那——边。"他说话的时候，将"那边"中间的音拖得很长，意思是很远很远。

他仔细看了看身旁的汉族小男孩，说："你的脸蛋像鸡蛋一样白。"小男孩的脸"唰"的一下红到了耳根，说："我叫蛋蛋，今年六岁，跟奶奶来这里看望干工程的爷爷。"

"我今年也六岁，叫肖开提。"肖开提说话的声音脆响，笑起来露出两颗大门牙，"我知道今年是猴年，特别喜欢孙悟空。"说着他摆出手搭凉棚、金鸡独立的造型，惹得大家哈哈大笑。

肖开提说话的语速很快，他说自己的普通话是姐姐教的。他的眉毛上下抖动着，手脚并用，表情丰富。

蛋蛋的奶奶问："你的爸爸妈妈呢？"

他指了指那个站在土坯房下远望的妇人，说："那是我妈妈，她一直在厨房里烧奶茶、煮肉。我爸爸好喝酒，还骗人，半夜说出去有事，回来摩托车上是酒，被子里也是酒，还打妈妈，后来，后来就喝死了……"正说着，他的小姐姐阿里尼格尔上来捂他的嘴，一脸严肃地示意他不要再说了，那神情根本不像是一个九岁孩子的模样。

五

为了看到新娘的样子，客人们决定就在这儿等。肖开提带着蛋蛋坐在土房子的木桩上，两条腿欢快地踢踏着。风在耳边呼呼作响，脚下浮土如金沙飞扬。他们唱着歌，唱着塔吉克族民歌《古丽碧塔》，还有《两只老虎》："两只老虎，两只老虎，跑得快，跑得快，咦，一只没有耳朵，一只没有尾巴，真奇怪，真奇怪……"他们唱了一遍又一遍，惹得大家哈哈大笑。一些塔吉克族的老人也从屋里走出来，坐在木桩上、石头上，带着善意的眼神和温存的笑容，跟着孩子们一起唱歌。

时间过得很快，眼看着泥地上的影子从头顶上方的短小矮簇渐渐拉长。突然，热闹的鼓乐声和沸腾的欢呼声响了起来，小孩子们纷纷跑出院子，呼喊着："新娘子接回来了，新娘子接回来了。"

喜欢热闹的人们呼啦啦地从各个地方涌出来，一时间便站满了整个院子。两个中年妇女打起手鼓，一个壮年男子吹起鹰笛，悠扬的乐曲在空中飘荡，跳舞的人随着音乐张开双臂，为结婚的新人祝福，祝福他们从此开始幸福的新生活。

早已等候多时的婆婆，喜气洋洋地端出两碗漂着酥油的牛奶。缠着红绸花的车门打开了，盛装的新娘喝完婆婆递进来的牛奶才能下车。新娘的脚伸出车门的一瞬间，人们欢呼着。房顶上站着的人往新郎、新娘身上撒着雪花一样的面粉。面粉在高原上是最吉祥的祝福象征，新郎和新娘也互相抛撒着面粉。新郎牵着新娘走进铺好红毯的院子里，在众人的祝福下，喝下一碗盐水，表示相亲相爱，白头到老。

女方的陪嫁被一件件搬下卡车，其中扎着红绸的大地毯、洗衣机和一台超薄液晶大电视机很显眼。肖开提像只欢腾的小鸟，跑前跑后。他先是凑到盛装的新娘面前，好奇地打量着新娘，看样子是想尽快知道这位小婶婶的模样。可是按照规矩，婚礼结束之前，新娘的面纱始终不能取下。眼看这个他最想知道的秘密迟迟不能揭开，他不禁急得抓耳挠腮。后来，他又混入跳舞的人群，笑嘻嘻地甩着纱巾，想要加入跳舞的行列。然而大人们的注意力并不在孩子身上，找不上舞伴的他又跑回来，拉住蛋蛋的手，嘻嘻哈哈地说笑。

"婚礼热闹吧，蛋蛋。"

蛋蛋点点头，说："肖开提，你喜欢这样的婚礼吗？"

"喜欢。"

"将来想当这样的新郎，娶漂亮的新娘吗？"

"有点儿想，又有点儿不想。"肖开提的笑容有些凝固了。

"为什么？新郎多威风呀，新娘多美呀！"

"可是新郎一喝酒，就会骗人，就会打人。新娘也会变，会满脸皱纹，会腰疼发脾气，会哭个不停……"肖开提神色黯然地说着，眼睛却依然盯着跳舞的人群。

"肖开提，别说扫兴的话。"小姐姐阿里尼格尔不知什么时候凑了过来。她头顶一条漂亮的纱巾，冲着弟弟瞪起黑亮亮的大眼睛。

肖开提委屈地扁了扁嘴，低下了头。

"好啦，肖开提，别发呆，咱们一起去跳舞吧。"阿里尼格尔拉起弟弟的手摇了摇，用亮亮的眸子看着他，笑眯眯地说。

肖开提瞬间绽开笑脸，应了一声，随着姐姐欢快地舞蹈起来，很快融入了载歌载舞的欢乐人群。

走出大山的马克布夏

一

马克布夏第一次走出大山的时候是七岁。临出发的那几天，他兴奋得睡不着觉。"塔什库尔干"这个闪闪发光的名字，总听爸爸说起。爸爸去过很多地方，是皮勒村见识最多的人之一，他总是鼓励家里的孩子要出去看看大山外面的世界。

妈妈为他刷洗干净了一双黄军鞋，放在阳光下曝晒。此前，他记得自己和其他的孩子一样，光着脚在金色的沙土中跑来跑去，只有冬天很冷的时候才穿哥哥已经穿不上的旧鞋。马克布夏看到妈妈关切的目光和她额头越来越深的皱纹，他总感觉在她的目光里能被融化。临行前的一夜，他翻来覆去睡不着，外面河坝的水流声，风吹青稞的声响，还有一种陌生的声音，伴随着睡梦滚滚而来。

一大早，他还没醒来，在恍惚中看到晨曦中妈妈的剪影。妈妈在他的额头上亲了又亲，她用手背不断地擦着眼睛，那时，马克布夏一心想着要出去，并没有在意妈妈的叹息。

他和爸爸来到村口，发现几乎所有的亲戚都聚集在河边。姜黄色的大河泛起哗哗的水波。他曾不止一次地站在大石头上，望着这条时而温顺时而暴躁的大河，揣想着河的那头到底有什么，塔什库尔干究竟是什么样，也曾看到从河对岸连过来的铁索道上被风吹乱头发的亲戚。那时，只要看见有人从河对岸过来，小伙伴们都会围上去，好奇地问这问那。而他在所有过河人的口中，都没有获得河对岸的准确信息。

好奇心好像一颗种子，当他一次次地爬上大石头去看远方，远方在一个孩子的视线中，除了山还是山。他听到同样的水流声和自己寂寂的呼喊声在山间回荡。

现在，当那根铁索道上的铁筐子哐啷地推到他眼前，他突然有些害怕了。他紧张地回头找，看见妈妈和姐姐在远处大石头上的身影，又看到那条急浪翻动的河，一时不知道该怎么办好。爸爸看着他，好像看穿了他所有心思，示意他抓紧他的腰带，说："小伙子，咱们出发了，不要害怕，不要往下看，一会儿就到河对岸了。"

他一直都是听话的孩子，点点头，抱紧爸爸。爸爸用腰上的绳子把他捆紧，然后用粗大的双手抓住了铁筐子。还没等他有所反应，风已经在耳边嗖嗖作响，大河的巨响震得他听不到其他声音，水星子溅到脸上，又冰又凉还有些涩。周围的一切都在晃动，他感觉自己的脚在空中悬着，吓得大气也不敢出，不敢动一下。"哐啷"一声，爸爸抱着他跳下了铁筐子。呀，真的到了河对岸。他回头看着村子，妈妈的身影已经变成了一个黑点儿，可是他分明还能感觉到妈妈眼中有泪。

二

过了河，爸爸带着他在山岩上爬行。这条调皮的河，似乎始终和人玩着游戏，一会儿消失，一会儿又挡在眼前。水流湍急的地方，爸爸脱下鞋子、挽起裤腿，背着他蹚水过河。过了河，他们坐在一块大石头上歇息。这时，太阳正顶在头上，爸爸一边穿着鞋，一边问马克布夏肚子饿不饿。他想点头可是却摇摇头，其实他早已经听到自己肚子发出咕咕的声响，可是看到爸爸干瘦嶙峋的大脚，又不敢说什么。爸爸的胡子在阳光下闪闪发亮，他像变戏法一样地从怀里掏出一个馕，掰开一小块，说："吃吧。"

脚下的路几乎都在岩壁上，爸爸教他怎么把脚放在尖利的岩石窝深处，要踩稳了再往前走，并让他小心头顶上掉下的石头。脚下是呼啸的水流，正恶狠狠地拍打着岩壁，发出骇人的声响。他害怕极了："爸爸，我不敢，爸爸，咱们回去吧，我不去塔什库尔干上学了……"他听到自己带着哭腔的声音回荡在山谷中。

与此同时，他听到爸爸重重的叹气声，虽然水声很大，可是那叹气声却重重地落在他的心上，似乎一辈子也忘不掉。爸爸什么也没说，只是静静地看着他。他在这目光中羞愧地低下了头。爸爸沉静地说："走。"他偷偷擦拭掉眼角溢出的泪，在爸爸连抱带拉之下，终于走过了岩壁。

转眼间，太阳已经快要落山了。爸爸说："我们要快些走，赶到山窝子里，还能找到麦里克夏的骆驼，有了骆驼，我们就不怕了。"

看到骆驼，爸爸感觉像见了亲人。马克布夏抱着爸爸的背，在颠簸的驼背上居然顶着星光睡着了。第二天早上醒来，他发现自己睡在爸爸的怀里。天已经亮了，爸爸的眼睛里布满红血丝。马克布夏揉揉眼睛，发现他们躲在一个石头窝子里。爸爸说，这儿是过路的人避风休息的地方，窝在里面没有风。他看到地上有一些散乱的烟头和可以坐卧的平石头。

出了石窝子，他们继续沿着大河往前走，直到太阳转到头顶，白花花的阳光在波浪上闪着耀眼的光芒，他感到头晕眼花。爸爸说："铁塔坑就在前面，到了那儿就可以去亲戚家喝奶茶了。"

奶茶的香似乎就在前面，可是前面除了石头和土路之外，看不见一户人家。白花花的日头悬在头上，又干又渴，马克布夏的两条腿重得像灌了铅一样，他一屁股坐在地上，大哭起来。

等他哭得没声音的时候，爸爸才说："哭够了吧，走。"说着，转身就往前走。马克布夏气恼地看看四周，这里除了山就是山，只好擦干眼泪，跟上爸爸的脚步。

三

来到塔什库尔干县城，马克布夏才明白，难怪有那么多人想来这里。这里没有悬崖绝壁，没有令人恐惧的滚滚大河，却有很多好吃的好玩的。巴扎上总能看到形形色色的人和新鲜玩意儿，有很多马克布夏过去没有见过的花花绿绿的东西。爸爸给他买了一块糖，那滋味又甜又香，马克布夏一辈子都忘不了。他一下子就喜欢上了这里，不再去想那条坏脾气的大河了。

爸爸带马克布夏来到县城，是为了上学。此后，他在寄宿制的小学和中学度过了九年时光。刚上一年级的时候，他特别想爸爸妈妈，经常躲在被子里哭，后来就慢慢习惯了孤独。

五年级入学的那天，学校来了一个高个子的汉族支教老师，没想到这个笑起来一脸阳光的男子，成了马克布夏的语文老师。又高又帅的邵君老师虽然听不懂塔吉克语，却很喜欢和学生在一起玩。马克布夏想，将来能成为像邵君老师这样的人该多好。他身上有一股阳光和松木混合的味道，马克布夏在他身边什么话都想跟他说。马克布夏把他当成自己的另一位父亲，心中对他满是信赖和尊崇。

初中毕业在即，马克布夏有点儿惶惑，不知道自己将来能干什么。学习成绩拿不出手，估计考不上喀什二中。而且那时他一心只想画画，只有在画画中才能感到有乐趣。那一年二月，邵君老师再次来塔什库尔干县支教，放暑假期间，马克布夏带着邵君老师一起到了皮勒村。

在路上，邵君老师看出了马克布夏的心结。在颠簸的摩托车上，马克布夏说出了自己内心真实的想法。邵君老师说："你的画画得好，这是优势，应该去内地学一门技术，最好是学玉雕技术，这样可以改变如果考不上高中就得回家放羊的结果。"邵君老师的话让他思虑良久，他呆呆地望着眼前高远的大山，看到遥遥的慕士塔格峰，那父亲一样的山，在默默地注视着他。他不知道自己该不该往外走出这一步。

爸爸听了邵君老师的建议，拍拍他的肩膀说："孩子，我希望你能走出去，看看外面的世界，不要总是一辈子窝在这个深山里。"他点点头，那一瞬间，眼泪模糊了双眼。

四

马克布夏去北京前，为每个亲人画了一张速写。在画板上涂抹的时候，他发现每个人的眼睛都有一分熟悉的光亮，无论是父亲吾力发提夏、大哥达迪力夏、二哥居来克，还是三岁的侄子阿迪力夏。他安静地画着，目光与那亮光交会时心潮澎湃，他在心里一遍遍地抚触着每一位亲人。

父亲总共有五个孩子，却没有一个孩子长得与他相似。马克布夏常常认真地辨析着自己与父母兄弟姊妹之间的差异。他在哥哥达迪力夏随身的钱包里，看见爸爸在乌鲁木齐当兵的黑白照片，那时的爸爸如同电影《冰山上的来客》中的阿米尔，英姿勃发，挺拔俊朗，可是他的四个儿子似乎没有一个完全遗传到他的这份神采。

阿迪力夏是家里的心肝儿。马克布夏回到家，这个三岁的小男孩对他表示出异常的兴趣。他喜欢黏在马克布夏身边，追着马克布夏的白球鞋光着脚跑来跑去。马克布夏一边用炭精条描绘着那双晶莹剔透的黑眸子，一边在灯光下仔细地看着这个小男孩。如果不是脸上的两块瘀斑，那凝白细腻的皮肤与煮熟的鸡蛋白没什么两样。面对他俊美的模样，马克布夏不由自主地猜想：这个孩子将来会长成什么样？会干什么呢？

二哥居来克喜欢躺在院子里那棵巨大的杏树下，身下垫着一床褥子。他显得很愉快，眼睛看着前方陷入沉思中。父亲吾力发提夏坐在他身边，抽着烟。马克布夏顺着居来克的目光看过去，眼前是一片在风中摇曳的青稞田和层层叠叠的大山。这个从八岁起患上癫痫病的哥哥，已经成了全家的心病，一夜之间那个聪明活泼的二哥就变成呆呆傻傻的样子。也许他的世界除了父亲能懂，其他人都无法进入。

马克布夏为居来克画像的时候，居来克竟然主动地站起来了，而他的左脚被绳子拴在木头桩上，能走动的距离其实就是绳子的长度。他一会儿手里玩着一只空纸盒，一会儿摆弄着衣服袖子。不知道墙根的水桶那儿有什么东西吸引了他，他蹲在那儿，认真地看了许久。马克布夏的笔久久地停在画纸上，无法下笔。

父亲每天都会带着居来克外出走走，他有时会像个小孩子蹲在院墙边上玩土，而父亲和马克布夏则站在一旁背着手看着。那一刻，马克布夏蓦然明白，父亲长期以来挥之不去的忧郁心结。有人说：对于父母而言，有些孩子生来是为了报恩的，但有些孩子是为了讨债的。无论遇到来报恩还是来讨债的孩子，父母其实无处可逃，只能在这儿守护着、守候着，就像父亲吾力发提夏。如今，马克布夏也要离开，走出这座大山，去另一个自己不熟悉的地方。

当马克布夏和邵君老师坐上开往喀什的汽车，在重重山峦中已经渐渐看不见自己的家乡。经过慕士塔格峰时他低下头，默默祈祷着，祈祷着。

第二章

石头城堡下的天籁之音

小夜莺之梦

一

女大十八变，塔尼亚长得真快！

转眼间，她已经和院子里那棵小杏树差不多高了。只是她决绝地要求把自己的长发剪短，剪得再短些。

妈妈阿丽玛克·玛克浦力显得有些疑惑，她拿剪刀的手迟疑着。

"妈妈，剪吧。"塔尼亚回头看着妈妈说，"我喜欢短发。"

"剪这么短的头发？像个男孩子一样？"

"我喜欢。"

在塔尼亚一再央求之下，妈妈把她的长发剪成了短发。在妈妈的审美中，这样的短发已经超出了她的底线。女孩子嘛，长头发多好看啊。

塔尼亚

"如果我是男生就好了，妈妈为什么不把我生成一个男孩子?"塔尼亚看着镜子，显然她对妈妈剪的短发并不满意。

妈妈闪着蓝灰色波光的眼睛，定定地看着她，显然一时无法明白这个小姑娘的脑袋里到底想的是什么，问："为什么要把你生成一个男孩子? 你现在多好呀。"

"我看不出来女孩子有多好，我想和哥哥一起出去玩，和男孩子在一起比和女孩子在一起更自在更有趣。女孩子们喜欢的小头饰、刺绣和布娃娃，我都不喜欢……"塔尼亚看了一眼妈妈的脸色，收了口。

"那你喜欢干什么?"阿丽玛克感觉自己已经无法理解眼前这个称为女儿的姑娘了。

"我想当兵，做一个军人。"塔尼亚声音脆响。

说起当兵，塔尼亚的眼睛闪闪发亮。她的母亲则松了一口气，恢复了以往平和包容的神态，她像一个置身于外又参与其中的人，用一双蓝灰色的眼睛看着她的孩子，笑而不语。

二

　　塔尼亚跟在爸爸沙贝尔江的身后，他们要去参加一个托依①。这个夏天，她明显感觉自己长高了，她发现自己的身体发生了微妙的变化，一些地方变软，变得更加敏感。她惊讶又憎恶这种变化，同时又那么怕被人看出她的无常和烦躁。她小心翼翼地守护着自己的秘密，警觉着一切偶尔窥探的目光。

　　跟在爸爸身后，走在他宽大的影子里，她没有像以往一样牵着爸爸的手，只是轻轻地拽着爸爸西装的一角。她仰头听到父亲发出轻微的喘息声，突然发现爸爸老了，他的肚子上像扣了一口锅，走起路来显得臃肿。被阳光曝晒而成的黑紫色皮肤布满了皱纹，从眼角到下巴，多出了一道道沟壑。那双大手上似乎沾满了洗不尽的泥垢，有些已经深深地嵌进手掌纹里。

　　主人接过爸爸手中的热瓦普②，请他们入座。爸爸脱掉浑身是土的

---

①　托依：新疆南部地区少数民族的婚礼或聚会。
②　热瓦普：新疆少数民族传统弦乐器。

黑外套，黑色的西装马夹衬着带有民族图案的白衬衫使他恢复了英气十足的模样。他弹起雄鹰造型的热瓦普，瞬间又恢复了民间艺人的神气和风采。沙贝尔江在当地是很有影响力的民间艺术家，而生活的重担让他必须在弹唱之余卸下艺术家的架子，成为终日逐水草而居的牧民、侍奉土地的农民和什么赚钱干什么的商人。

爸爸拨弄琴弦，弹唱一曲，引得众人喝彩。"再来一个，再来一个。"有人在台下喊道。而沙贝尔江已经开始与朋友碰杯了，两杯酒下肚，更显得生龙活虎。他说："我的塔尼亚唱得好，听听小夜莺的歌喉吧。"说着，他招呼塔尼亚坐在自己的身边。塔尼亚耸着肩，迟疑地从别人的身后走到爸爸身边，坐下来，深吸了一口气，极力平复着紧张的情绪。

父女俩在音乐前奏中的眼神交流显得默契自如，塔尼亚对爸爸的提示显然心领神会。她一发声，纯净的声音如同玉佩叮咚、银铃清响。几乎每个塔吉克族人都拥有如天空般辽阔的音域及泉水般圆润的嗓音。那声音带着与生俱来的天赋，一开口就令这个脸上长有晒伤瘢痕的小姑娘闪闪发光，一出声即能声惊四座。曲音落下，毡房里的掌声、欢呼声和赞叹声响起，这都是大家发自内心对她歌声的喜爱。

"塔尼亚是只小夜莺。"爸爸几杯酒下肚，脸色更红了，他一只手的指尖一直在琴弦上拨动着，有时会即兴地根据现场唱几句，幽默、诙谐，引得众人哈哈大笑，场面上的热烈气氛似乎都掌控在他的指尖上。

"我的塔尼亚出生的时候，没有名字，后来我看了一部印度电影，那里面的女主角就叫塔尼亚，她特别会唱歌，是印度的夜莺，我觉得这个孩子将来也一定会唱歌。"

众人的目光看向塔尼亚，她羞红了脸，躲在爸爸身后，低下头，手指在铺满花朵的毡毯上画着自己的名字。

三

塔尼亚不知道自己怎么就会唱歌的。小时候，她学着妈妈的样子喊牛喊羊，嗓门小了，牛听不见你的招呼就会翻过山坡，羊听不见你的喊声也会漫无目的四处游逛。风有时会助力，妈妈告诉她要顺着风喊，如果背着风喊，声音会反弹回来。

每个晚上，只要不下雨，夏窝子里都会举办家庭音乐会，爸爸弹着琴，尽兴的时候会把所有会唱的歌都唱一遍。妈妈听爸爸唱歌时，眼睛会泛起不一样的神采，好似蓝色湖水上有一层薄薄的雾霭，温柔又凝重。

塔尼亚发现自己的面容与爸爸妈妈、哥哥姐姐差异很大。为什么自己的眼睛是褐色的，而妈妈的眼睛是蓝灰色的？为此，她还问过爷爷，爷爷说是因为爸爸的眼睛是褐色的。

哥哥的声音与爸爸相似，有磁性，只是缺少了浑厚及诙谐的力量。姐姐也爱唱，孙楠、那英都是她的最爱。在他们的带动下，五岁的塔尼亚也开始唱歌。她一唱歌，他们就停下来看她，爸爸惊喜地吻着塔尼亚的额头，说："一只小夜莺来了。"

夏窝子的房顶用树枝搭建，会透着星星点点的日光、星光和雨水。土炕上铺着带着花朵的旧毡子，那些花儿即使褪色也依然清晰可见。墙壁虽然四处漏风，土灶台上却总是燃着一簇不灭的火苗，一块块的牛粪填进去，发出噼噼啪啪的声响。火苗在炉灶上卖力地跳着舞，似乎也是音乐会的一员。妈妈会烤上一块香喷喷的卡塔拉曼①，唱累了，跳累了，热腾腾地吃上一块，做梦也会香甜无比。

而塔尼亚的梦是穿上绿色军装——她不止一次地梦见自己穿着军人的迷彩装，甩着短短的头发奔跑着⋯⋯

---

① 卡塔拉曼：塔吉克族传统食物。

四

那年，九岁的塔尼亚因为"小夜莺"的称号，加入了学校合唱团。2013年被推荐去北京和天津两地参加"手拉手"活动演出，总共二十七天，整个演出团里只有塔尼亚是塔吉克族。

那是她第一次离开家、离开爸爸妈妈、离开塔什库尔干，第一次坐火车、坐飞机，还坐了游轮。她激动得睡不着觉，坐在飞机上眼睛都不敢眨一下，生怕错过了好东西。她看见白得如同慕士塔格峰的冰雪一样的厚云彩，在飞机旁很快滑过，往下看是看不尽的山峦、湖泊、平原和田野。

在北京的演出如同一场光鲜夺目的梦，铺着红毯的舞台，闪着光的话筒，塔尼亚的歌声、舞蹈及塔吉克族服饰成为演出的亮点，大家都叫她"小夜莺"，争着和她照相。在闪光灯下，她一再地亮出了鹰的舞姿。

演出结束后，演出团一大早来到天安门，观看升旗仪式。那些护旗的军人在晨光中远远地走来，步履坚定，铿锵有声。他们身姿挺拔，双腿修长，塔尼亚觉得个个都比韩剧中的明星帅。庄严的国歌在耳边响起，五星红旗在空中猎猎飞扬，看见国旗升起的那一刻，塔尼亚不禁热泪盈眶。以往在书本上看到的升旗仪式，竟然能在现场亲历，她掐了自己一把，才知道这不是梦。她目送着护旗手远去的背影，心里突然有个声音：将来自己一定要参军，一定要穿军装，一定要这样威风、帅气地守护着自己的祖国！

塔尼亚和爸爸回到家，妈妈就发现了她的不一样，虽然塔尼亚一再躲避着她的目光。妈妈抱住她瘦小的肩膀，亲吻了她的额头，说："我的好孩子，你的短发真美。"

"我的塔尼亚是三个孩子中最聪明的，希望将来她能走出去，去外面见识一下，像鹰一样飞得高高的，去实现自己当兵的梦想。"沙贝尔江注视着女儿，神情慈爱而专注。

迪丽娜热的爱莲说

一

　　迪丽娜热最近迷上了镜子，随身总带着一面小镜子，没事的时候就会拿出来照一照。她喜欢看着镜子唱歌、练习朗诵。在镜子里她看到自己的脸，每看一次就加深一次印象，原来自己是这个样子：皮肤白皙略有些泛红，皮肤下面隐隐可见蓝青色的毛细血管。她最满意的是眉毛，又黑又密又浓，很多汉族女生都很羡慕她的眉毛和眼睫毛。不过，她总觉得自己的脸有点儿长，不像妹妹古丽娜热那么精致完美。有时，她会为此感到有点儿失落，因为妹妹一出现，大家的目光都会集中到她那儿去，在她身边的迪丽娜热似乎永远都是一个陪衬和影子。

　　从九岁起，迪丽娜热就开始唱歌了。她发现自己的嗓门特别大，唱歌毫不费力气，声音又圆润又亮，每次唱歌都比别人响亮，是唱得最起劲儿的那个，所以总会被老师挑选出来加入合唱团，或带出去参加各种演出和比赛。

打开镜子，迪丽娜热看见自己的眼睛闪着微蓝色的光芒，她的身后是快速流动的云彩。她感觉自己头脑中的想法太多，就像天上的云彩，飘过来了是一个想法，飘过去又有了变化。

二

迪丽娜热曾有过想要当演员的梦想。爷爷曾经是县歌舞团的歌舞演员，年轻的时候还去过北京演出，可是，爷爷似乎并不赞同她和妹妹选择这个行业。他说跳舞是青春饭，在高原上跳舞累得很，老了跳不动的时候，看着别人跳心里会很痒痒。

上学后，迪丽娜热觉得当老师很神气，那么多孩子都听老师的话，把老师当妈妈一样亲，老师是世界上最幸福的职业。可是有人说，当老师有什么好，一辈子当个"孩子王"，从二十岁开始站讲台，一直可以看到自己退休的模样，一成不变的生活有什么意思？

有一次，她去姥爷在公安局的办公室，看到平日里慈爱的姥爷特别

迪丽娜热

受人尊敬，因为他替老百姓做了很多好事。她从姥爷身上看到为民除害、匡扶正义的力量，认为这才是更了不起的事。于是她又想着将来当警察、做侦探，除暴安良，成为像姥爷那样正直、有风骨的人。舅舅接了姥爷的班，当了县城的刑警队大队长。他穿着制服，开着警车，又帅又酷又威风。他虽然鼓励迪丽娜热将来去考武警指挥学院，但同时也认为女孩子从事这一行太危险，要慎重考虑。

迪丽娜热发现自己有时善变，有时又坚定得如同一块石头，但拿不定主意的时候占多数。每次拿不定主意的时候，她便会问镜子：魔镜，魔镜，我该往哪里走？镜子里面总有一张疑惑的脸，眼睛里依然是没有方向的茫然。这种时候，她就会去找父亲扎甫吐力江。和父亲在自家的果园里边除草、边聊天，感觉自己的心就会安静下来。

三

扎甫吐力江博学多才，是远近闻名的翻译家，中文造诣很深。他从小就在眼前这座汉语里叫"柱子"的斯托尼山下长大。他说小时候最喜欢看夕阳西下，柱子山萦绕着梦一样的光晕，想象着那山上一定住着很多神仙，他们过着幸福的生活，而那幸福就是可以每天吃上一粒水果糖……

他在山下家园种下的所有的树，都是有记忆的。它们伴随着自己和孩子们的成长。他指着院子里的两棵树对迪丽娜热说："这棵柳树的歪树枝让我用剪刀剪掉了，用麻绳绑着矫正，虽然当时剪枝的时候柳树可能会很痛，但是这样它能有机会长得很直，将来还可以成为有用之材。"

迪丽娜热问："爸爸，这棵柳树旁种着一棵杏树，为什么要这样种?"

父亲笑着说："这是有寓意的，柳树代表的是人，而杏树则代表社会。人就像一棵柳树，要精心修理才能长得好，否则就长歪了。"

父亲一边除草，一边大声地诵读着："予独爱莲之出淤泥而不染，濯清涟而不妖，中通外直，不蔓不枝，香远益清，亭亭净植，可远观而不可亵玩焉……"

"周敦颐的《爱莲说》，我喜欢。"迪丽娜热跟着父亲一起背诵，波斯菊、馒头花在风中摇曳，清香浮动。

父亲说："你要一遍遍地读《爱莲说》，中国古代文人的品行都在其中，希望你能真正地理解，做一个像莲花一样高洁的人。"

那个暑假，父亲带着全家人去北京颐和园游玩，迪丽娜热才第一次见到真正的莲花。映入眼帘的是一片片翠绿的荷叶，就像绿色的海洋，晶莹粉白的莲花在莲叶碧水间，显得分外妖娆。为了能够仔细观察莲花，全家人还特地坐了船，去体验与高原不一样的景致。碧绿的荷叶像个大玉盘衬托着荷花，又像一柄柄绿伞摇曳。清风拂来，淡淡的清香扑面而来，姿态婆娑的荷叶衬着娇美的荷花。那荷花有的还是花骨朵，含苞欲放，饱胀得马上要裂开似的；有的才露出两三片花瓣；有的花瓣全都展开了，露出了嫩黄色的小莲蓬。花瓣的顶部是红色，往下渐变为粉红色，好似一位丹青妙手用画笔饱蘸了朱砂颜料，从上往下由深入浅晕染出来的。而她同时也发现莲花秆下的淤泥的确是又黑又臭，如果不是亲眼所见，"出淤泥而不染"的真正含义难以体悟。

四

迪丽娜热回到家，一针一线地绣着一朵莲花。

妹妹说："好美的一朵莲花，送给我吧。"

迪丽娜热摇摇头说："我要送给沁璺老师，她可能要回老家了。"

"为什么？"

"她是个志愿者，从北京来到塔什库尔干，支教的时间快要结束了。"

"我喜欢她，大眼睛里好像闪着亮晶晶的星星，像极了动画片中的美少女。"

"她要是走了，我会很难过的。"

迪丽娜热想起了那个头发又黑又长的音乐老师沁璎，她的身上有股好闻的味道，像莲花。记得她第一次走进教室时，白色的裙裾上绘着一朵花，那花朵是由深入浅晕染出来的红色，显得格外别致。后来她告诉迪丽娜热说那是莲花，是她最喜欢的花，在她家乡的池塘里随处可见这种美丽的莲花。

开学去学校报到时，迪丽娜热在校门口看见沁璎老师用彩色气球扎了一个展板，上面贴着花花绿绿的卡通图片，用彩笔写着"文体特长班"。沁璎老师说，塔吉克族人天生能歌善舞，有艺术天赋，但在学习数理化方面普遍基础太弱，为了提高升学率，希望更多的学生能够继续得到良好的教育，就向学校建议走特色特长教育这条路，试行三年。消息一经公布，报名的家长和学生非常踊跃，可惜只招初一新生，迪丽娜热已经上初二了，只能羡慕地看着那些进入特长班的孩子们。

每到学期末，总有一些支教老师和志愿者会离开，他们会和学生们一起照相合影，那些喜欢他们的学生会和老师抱在一起哭成一团。每逢那个时候，校园里充满了离别的感伤。班里的学生也很怕沁璎老师离开：

她会不会笑着和我们合影，再挥手告别，从此大家再也见不到她？

于是，大家不约而同地来到她宿舍前，一首接一首地唱着她曾经教过的歌。她惊讶地推开窗户，看到学生们就笑嘻嘻地跑出来，说："你们怎么都来了呢？"

米日班说："老师，不要走。"

赛尔江说："老师，你别走，我们以后一定好好学习，不调皮，不惹您生气。"

沁翌老师说："你们都怎么了？我不走，还没有把你们送出校门，我怎么能走呢？"

"真的？"迪丽娜热看见她笑了，但眼圈红红的。

"哇哈——"大家高兴地欢呼起来，"老师不走了，老师不走了！"

阿热孜古丽亲手做了一顶库勒塔帽给老师，阿布都拉带来自己家酿制的奶疙瘩，图拉姆带来自家种的雪菊……沁翌老师戴上了库勒塔帽，迪丽娜热把那幅莲花绣交给她，她突然忍不住哭了。

为了让她高兴，几个平常爱哭的女生都忍着，没有掉眼泪，说："老师，我们来跳舞吧。"

迪丽娜热和同学们一起，与沁翌老师翩翩起舞。那一刻，她仿佛又看见了一株株美丽的莲花……

海日尼夏的雪纸条

一

　　海日，在塔吉克语里是过得愉快、平安的意思，尼夏是特别温柔的意思。海日尼夏不知道爸爸为什么要给她起这个名字。不过她喜欢这个名字。尤其是上课时，大概因为这个名字生动有趣，老师总喜欢喊她回答问题。起先，她会紧张得有点儿口吃，听到有人发出哧哧的笑声，她的脸会唰的一下就红到了脖子根。

　　海日尼夏喜欢唱歌，梦想着将来当个歌唱家，在舞台上唱歌，那多神气呀！就像所有的星星都汇集到一个人身上，歌声可以让听歌的人动起来，跳起来，嗨起来。虽然她知道自己的嗓音比不上哥哥香港的声音有磁性，不如妹妹塔尼亚的音色清亮，可是这不妨碍她每天用大量的时

海日尼夏

间唱自己喜欢的歌。

她迷上了歌手孙楠，已经成了众所周知的事情。那个大脸盘汉族歌星的每一首歌她都会唱。她只要眼睛睁开就想唱歌，走路唱，干活儿唱，捡牛粪唱，写作业唱，对着镜子反复唱，只要唱歌就感觉无比欢欣。表姐说："你不停地唱，有用吗？你当不了明星，就别去浪费时间做明星梦了。"海日尼夏只是撇撇嘴，耸耸肩，还是继续唱。

海日尼夏经常模仿《中国好声音》里的老师，那英、周杰伦、哈林都是她崇拜的偶像、未见过面的老师。可是什么时候才能像他们那样登上舞台，成为受人喜欢的明星呢？

海日尼夏经常自编自唱歌曲。喀什电视台有个综艺节目叫《喀什我最牛》，那上面有很多展示才艺的普通人，如果去了那个平台被导师选中的话，就可以得到专业老师的指导，被公司包装，去舞台表演，就可以当明星了。可是爸爸不同意，不让她去，说现在要好好学习。

二

不过在学习上，海日尼夏的确有点儿头疼。她偏科，喜欢物理、数学、英语、政治，不喜欢语文，尤其是文言文。她总是搞不清楚那些"之、乎、者、也"的意思，想不通现在都新时代了，干吗还要学习那些三四千年前古人的东西。在她看来，那些古代人的文字对学生似乎没有什么帮助，她只觉得文言文绕口。因为学习不好，所以每次考试，她都很害怕，害怕考不及格，害怕被爸爸知道。爸爸看她的眼神和叹气的声音，总让她慌张。那次她考了不及格，是班里的倒数第几名，她感觉很丢人，不敢回家，趴在桌子上哭了好久。

很多有名的歌星都没有上过大学，不上大学难道就当不成明星吗？为了唱歌她花费了大量时间，那些文言文都变成歌词有多好。太多的人说，你就别做梦了，你怎么可能当明星呢，你就死了这条心吧。一想起要放弃唱歌，海日尼夏都不知道为这个偷偷地哭了多少回。

哥哥香港也特别爱唱歌，好多人都喜欢他，说他有明星相。他还去香港演出过，让人羡慕死了。可是后来他长出毛茸茸的胡子，声音变粗变厚之后，就慢慢地不喜欢唱歌了。

其实海日尼夏知道哥哥并不是不喜欢唱歌了，他什么心里话都会给妹妹说，是因为他觉得唱歌养活不了自己，更没法让全家人住进漂亮的大房子。唱歌这条路太难了，像爸爸这样优秀的民间艺人，唱歌、跳舞、吹鹰笛、打手鼓、弹热瓦普样样精通，只要有演出的地方他都会参加，就是不给钱也要去唱，只是希望以后会有更多挣钱的机会。可即便这样忙碌，家里还是很穷，奶奶的病都没钱治。晚上，她老人家总是咳咳咳的，让人担心她的身体里有一把碎玻璃。

三

暑假期间，经常会有外地人到塔什库尔干县来，也到过海日尼夏家里。他们会送钱、送米、送油，还给全家人买衣服。那些人为什么那么有钱？塔什库尔干的村民们又为什么总是这么穷？整整三年了，爸爸在地里没日没夜地忙碌，说种高原玛卡可以致富，可是玛卡种出来了，家里还是没有富。海日尼夏想不明白。

"你的雪纸条，邀请成功了吗?"有一天，妈妈突然问海日尼夏。

海日尼夏的脸涨得通红。雪纸条？妈妈怎么发现的？

妈妈笑着点点她布满雀斑的鼻尖，像读懂了她的心里话，说："我和你爸爸小时候都玩过。一般在下雪天的早上，收到雪纸条邀请的人，在落日之前是不能拒绝邀请的。"

海日尼夏认为妈妈是家里最辛苦的人，每天天不亮就起床，挤奶、烧奶茶、放牛、放羊、做刺绣、干农活、做饭、洗衣服，几乎一刻都闲不下来。妈妈从不对任何人发脾气，即使累了也没听她抱怨过，只要听到爸爸的歌声，她就会脸上发光。可是，妈妈的这种生活方式肯定不是海日尼夏想要的，而她想要的生活方式又该是什么样子呢？海日尼夏摇摇头，她想不清楚，更说不清楚。

爸爸总是在外面，很久不见人影，有时会满身黄土地回到家，粗大的双手中都是泥浆，背回来一袋子玛卡；有时他会怀抱热瓦普，亮闪闪地出现在舞台上，手指灵活地拨动琴弦，唱歌、演奏，成了让所有人开怀叫好的优秀民间艺人。海日尼夏觉得爸爸妈妈在某些地方很般配，但另一些地方又不般配，可她没办法很详细地描绘出这种感受。

"妈妈，你们很早就玩雪纸条了？那时你有多大？你接到的雪纸条上写着什么？还记得吗？"海日尼夏好奇地问。

"那年我刚满十八岁，一大早，你爸爸就骑着骆驼到了我们冬窝子的家。他的身上披满了雪花，眼睛比天上的星星还亮，雪花落进眼睛里就化了。"妈妈的眼睛也像星星一样亮闪闪的。

"他塞给我一张纸条就走了。我打开一看，哭了，一会儿又笑了……"

"那上面写着什么，妈妈？"

"嫁给我!"妈妈说着双手捧着羞红的脸，湖蓝色的眼眸浮出一幅画。

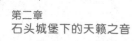
海日尼夏托着腮入迷地听着，想着妈妈描述的往事和自己的心事。

四

不知从什么时候起，海日尼夏发现自己突然长得很快，上课的时候后排的同学总说她挡住他们看黑板的视线了。于是，老师把她调到最后一排。坐在最后一排海日尼夏刚开始觉得挺自在，可是后来发现上课很容易分神，有时候是因为老师的一条花裙子，有时候是茹仙古丽头上的新头饰，还有的时候是一张男生传来的小纸条。纸条上其实没有什么，就是无聊的时候一些无聊的人用纸条传递信息。那纸条好像班级里的QQ，每个人都可以在上面发表意见，但这纸条仅限于后面几排，前面几排的学生根本就不知道班里还在热火朝天地玩着纸条游戏。这是一种民间游戏，大家称它为"雪纸条"，也叫"雪书"，一般在冬天下第一场雪的时候开始玩儿。

大家很快都迷上了这种交流方式，一天不玩雪书游戏就会觉得少了什么。尤其是在自习课上，雪书满天飞。可是有一天，这事儿不知被谁给告发了，雪书被班主任收了，还让几个学生分别去她办公室谈话。海日尼夏很担忧，心想：糟了，老师千万不要告诉爸爸，那样他一定会很生气的。每次她做错事情的时候，最怕看到爸爸的眼神。

老师仔细看了雪书上的内容，里面好像没有什么不可告人的秘密，顶多只有一些搞笑的段子。不过，老师不相信这事儿会如此简单，她反复研究了一番雪书上的对话内容，推测出女同学米日班和男同学居来提关系很好。

居来提是班里最帅的男生，长得像明星一样，他妈妈是舞蹈演员，爸爸是歌舞团团长。他聪明又帅气，皮肤白白的，比女生还要细腻白皙。每个女生都喜欢和他说话，尤其是米日班，她和居来提有很多相似的地方，家庭条件好，长得漂亮，学习好，所以大家觉得他们俩很相衬。后来，听阿娜尔古丽说老师分别找他们俩谈话了，米日班从老师办公室出来的时候，眼睛红红的，好像哭过了。

雪书游戏被迫终止了，自习课上只听见后排几个同学心不在焉翻弄书本纸张的声音。海日尼夏知道几个好朋友都很想用雪书聊聊天。无休止的考卷，做不完的作业，背不完的习题，还有压抑、躁动的情绪，好像总有一只小鸟关在心的笼子里……可是，老师站在讲台上，紧绷着脸，时常用鹰一样犀利的目光扫视他们——唉，还是乖点儿吧。

五

海日尼夏几乎没有和居来提说过话，尽管她也很想和他聊天。他们只在雪书中对过话，感觉他很随和也很有礼貌。只是他太耀眼了，只要和他站在一起，海日尼夏就会觉得局促不安，浑身不自在，觉得自己脸太黑，还有雀斑……照镜子的时候，她突然发现自己的鼻子又丑又粗，眼睛里全是胆怯，感觉特别自卑，就更不敢和他说话了。

她疯狂地唱歌，在没有人的自习室，有时哭着唱，只觉得特别孤单。她真想改变这一切，可又不知道该如何改变。有一次他们悄悄地在雪书里聊天，居来提发来一个友好的表情，说："你唱歌真好听。"海日尼夏激动得心都快要跳出来了，却只回复了"谢谢"两个字。他又说："你唱歌这么好听，如果去《喀什我最牛》节目肯定能选中。"海日尼夏更激动了，一时之间仿佛有千言万语涌上心头，却不知该怎么说起，笔停在纸面上很久很久，最后只颤抖地回复了两个字：谢谢。

回到家后，海日尼夏就提出想去参加《喀什我最牛》节目海选，不料，爸爸坚决不同意，他不想孩子们将来和自己一样唱歌、跳舞，吃演艺饭，而希望孩子们能够去读大学。

可是，海日尼夏今年中考成绩考得不太好。爸爸说："海日尼夏你得加把劲儿好好学习，将来能舒舒服服地在城里上学上班。如果考不上高中的话，你就得回家放羊。"哥哥香港大概觉得这样的结局有点儿太残酷了，安慰海日尼夏说："如果实在考不上的话，上个中专技校也是可以的。"

因为谈论上学的事，海日尼夏哭了好几回。她担心自己若是考不上高中，也许就再也见不到居来提了。他可能会去乌鲁木齐，他爸爸还想让他去北京上学呢。想到这些，海日尼夏就更想去当明星了，如果自己能够成功，是不是就有机会和居来提平等地说话了？

想来想去，海日尼夏抹去眼角的泪水，拿出那张还未送出的雪纸条，反复地折呀叠呀，最终折叠成了一只千纸鹤。

足球少年喀吾沙尔

一

喀吾沙尔远远地走来，背后是银白的雪山和碧绿的豌豆苗田。他的爸爸排孜拉看到儿子，眼睛亮闪闪的。这个在达布达尔乡寄宿制小学工作了二十年的小学校长，说起自己的儿子时满面红光。喀吾沙尔，今年十二岁，9月开学在塔什库尔干县小学上六年级。

喀吾沙尔很瘦，并不像爸爸那么强壮、魁梧，白净的皮肤下藏着灰褐色的细小雀斑，戴一副眼镜，显得文静内敛。他和爸爸从外形上看，完全像两批不同炉窑中的陶器。如果看到他的妈妈，则发现儿子的多半遗传基因来自皮肤白得耀眼的妈妈。

喀吾沙尔的眼镜片有点儿厚，他羞涩地笑着说，上小学三年级的时候发现自己看不清楚黑板，原本高个子的他一直是坐在最后一排，他不断要求老师调换座位，直到调到第二排才可以看得清黑板上的字。于是，老师判定他的眼睛出了问题，让妈妈带他去医院检查，结果是散光，近视120度。医生建议配眼镜，于是眼镜这个兄弟就再也没有离开过他。当然，现在他后悔了，怪自己当时太迷恋电视，有时看电视好几个小时，最终把眼睛看坏了。戴眼镜看起来斯文，显得很有文化，其实很不方便。眼镜搭在鼻梁和耳朵上，时间久了会让鼻梁、耳朵受累。尤其是冬天，从天寒地冻的户外走进热烘烘的屋里，镜片上会升起一层白色的水蒸气，每次进门都要先狼狈地摘下眼镜，擦镜片，才能定睛看清周围环境。

说起影视，他说最喜欢看抗战片，将来想成为一个能叱咤风云、扭转乾坤的军人；《三国演义》中手提青龙偃月刀的关羽和英勇善战的张飞，是他欣赏的对象，他渴望自己将来能成为像他们一样忠义两全的人，能够奋勇杀敌；当然，外国电影里的特工007，用敏捷的行动力体现过人的头脑，也让他崇拜不已，他希望将来自己能成为一个像007那样了不起的人，游历四方，能征善战。

二

喀吾沙尔虽然是个眼镜男，却特别喜欢体育，尤其喜欢踢足球。在学校的足球队，他踢前锋，已经训练了一年多的时间。他说能踢足球是自己最快乐的事，用脚带着足球，在青青的草地中一路前行，那种感觉好生畅快。

喀吾沙尔最崇拜的人是体育老师阿西尔阿洪，那个又高又帅的老师。足球好像特别听他的话，在他面前总是服服帖帖的，不敢乱跑乱跳。可是，足球对于喀吾沙尔而言可不是这样，要想像老师那样驾驭得了足球，就得下功夫练习才行。阿西尔阿洪老师每次在教他们踢球前，必定要求他们先做好热身运动，以防身体拉伤。先跑跑步，做十个俯卧撑，进场后分为两队，再进行训练。

喀吾沙尔选择踢前锋，可能与他的性格有关。前锋是一个球队取胜的核心，喀吾沙尔喜欢这种感觉。每一次训练他都会当成一场比赛对待，跑在最前方，冲在最前面。只要有他在，球队就是活的，就是有力量的。他要的就是这种感觉。

最让喀吾沙尔眉眼生辉的事，是今年在英吉沙参加喀什地区中小学生足球比赛。在绿茵场上，他感觉自己像匹脱了缰的小马，身体里似乎有使不完的力气。跑，跑，跑——快，快，快——把球传给我！跑，跑，跑——凌空一脚劲射，射门！

"中了！中了！"

"喀吾沙尔，棒棒哒！"

"喀吾沙尔，真正的儿子娃娃①。"

啦啦队此起彼伏的呼喊声、喝彩声和加油声，让他充满了斗志。

他闪转腾挪，动若脱兔。虽然跑得大汗淋漓，却畅快无比。只要球传到他脚下，他就用阿西尔阿洪老师传授的方法，让足球就像粘在脚上一般，谁也截不走。

"喀吾沙尔，接球！"中锋买买提江传来一脚球，他和买买提汀是老搭档了。

"来了，射门！"

"乌拉，又中了！"全场一片沸腾。

后来，他所在的塔什库尔干县小学足球队获得了全地区小学组第二

① 儿子娃娃：新疆土话，意为男孩子。

名的好成绩。大家去主席台领完奖杯和奖状，高兴得在草坪上打滚儿，阿西尔阿洪老师和他们抱成一团，激动得又哭又笑。他们把阿西尔阿洪老师抬过来又举起，一下、两下、三下……

三

上五年级的时候，喀吾沙尔在爸爸桌上看到了一本《毛泽东传》，他无意中翻看了两页，马上被吸引了。他用了三天时间看完这本书，激动得几天都睡不着觉。那个从湖南湘潭走出来的人物，改变了中国历史，改变了几亿中国人的命运，是多么了不起！于是，他将有关毛主席的电影反复看了好几遍，关于毛主席的歌他都一一下载。有时，他会放开喉咙，用塔吉克语唱上一段关于毛主席的歌：

毛主席呀毛主席，你是我们的大救星，为我们带来了光明……

毛主席呀毛主席，敬爱的毛主席，你指引我们向前进……

在偏僻高原上的一户人家，即使家徒四壁，但墙上总能看到毛主席挂像，即使纸张已经泛黄，却没有人取下来。虽然帕米尔高原上的达布达尔乡边远闭塞，但是毛主席却深入到每一个牧区、每一座毡房，每一个上点儿年岁的塔吉克族牧民都知道毛主席是人民的大救星。

这个00后的少年崇拜毛主席，显然不是一时跟风，少年已经有了他的主见和对世界的评判眼光，他崇拜的是那份改变世界的雄心壮志和博大情怀。

喀吾沙尔的声音浑厚略有些沙哑，那是男孩子青春期变声的前兆，他在唱歌的时候从容自如，显得有定力。而他的父亲注视儿子的目光则显得很冷静，既欣赏又审视，好像在细细打量一件刚出炉的陶器。

纸鸟飞向天使

一

　　赛尔江手里握着一只纸鸟，他小心翼翼地护着，生怕一阵风把它吹走了。他坐得笔直端正，两只黑亮的眼睛一眨不眨地看着主席台。

　　舞台上的主持人是雏鹰合唱团的指导老师，她一开口，天空似乎都晴了，风似乎也更加柔和了。这个高挑苗条的姑娘如同画中的仙女，闪闪发光的演出服与一双流光溢彩的眼睛交相辉映，头发又黑又长，衣裙飘飘。

　　"赛尔江，该我们上场了，快准备一下啊。"

　　赛尔江起身随着小伙伴走向后台，将纸鸟放在衣兜里，轻轻地抚摸着。

赛尔江的家在英吉沙，几年前跟着爸爸妈妈到高原上的塔什库尔干县做生意。他喜欢唱歌跳舞，也喜欢踢足球，所以一进中学，他就被文体特长班吸引了。文体特长班的班主任是汉族女老师秦歌，从广东来高原支教的志愿者。她笑起来就像姐姐一样。虽然赛尔江没有姐姐，可他特别想有这样一位姐姐。

　　听说是秦歌老师说服学校办这个特长班的，她发现当地的学生都有要命的缺陷：学习不好。照目前的汉语水平，考高中都很困难，所以想尝试走一条捷径，让一些孩子成才。开学初，她在初一新入学的新生中招生，主要吸收的是在音乐、美术、体育方面有天分的学生。这个班共招了四十个人，赛尔江很自豪自己是其中的一个。

　　赛尔江自认为学习不好，又很顽皮，不是把同学的本子弄脏，就是不小心把别人的宝贝玩意儿弄坏。不过，大家都不讨厌他，只要他一唱歌，所有的人都会静下来听。只要他一唱歌，他的心也会静下来。赛尔江看见秦歌老师听到他的歌声，眼睛里的惊喜忽闪忽闪的。在她的课上，学生们总是争先恐后地唱呀跳呀，感觉一点儿也不拘束。一唱起歌来，大家就显得鲜活无比，不再自卑和胆怯。一唱起歌来，大家就自然而然地跳起舞来，那鹰舞好像就是为配合塔吉克族人的亮嗓而生。

二

赛尔江第一次走进兵营，是作为初一入学的新生。原本那神秘的部队大院，一般人是无法随便出入的。由于秦歌老师的兵哥哥在这里工作，新生们得以跟着老师来此进行军训，由一些训练有素的战士和军官们教学生立正、站军姿。大家可兴奋了，纷纷激动地对秦歌老师表示，自己将来长大了也要去当兵。

经过一周的训练，赛尔江感觉自己的自控力和约束力比之前更强了，身体也比以前更有力气了。回到学校，很多老师都说这个班和其他班的学生不一样，守时守规矩，班里的学生一直保持着军事化出操的习惯。

有一次，赛尔江在秦歌老师的书桌上看到一句用毛笔写的诗："我愿用左手牵着你，因为我要用右手来敬礼。"旁边是她和兵哥哥的结婚照，他们笑得甜蜜而温暖。

秦歌老师的兵哥哥穿两杠一星的军服，人很瘦也很高，不爱说话，很和善，眼睛像塔什库尔干的天空一样干净。他从河北大学医学本科专业考入石河子大学医学院，是神经外科的研究生，也是所在部队里学历最高的人之一。据说毕业后，他没有去当医生，反而来参军，在高原边境后勤部卫生所工作。

秦歌老师说起她的兵哥哥来，眼睛会变成月牙儿，她说这人用一个字形容："傻！傻得很。一个医学硕士到高原来当兵，白学了七年的好专业。他去红其拉甫口岸执勤站岗，一天下来脸就被晒爆皮了，眼睛里都是红血丝。我去远远地看他，他一直站在那儿，一动也不动，也不知道去喝口水什么的……"秦歌老师接着说，"不过，他待人特别实诚，对我好就想把他所有最好的东西都给我，让人特别有安全感。"

秦歌老师嘴里这么说，但对兵哥哥的工作从来都是全力支持的。春节前，秦歌老师被评为"十佳边防警嫂"，还戴了大红花呢。颁奖现场，她唱了一首《烛光里的妈妈》，把在场的所有人都唱哭了。在高原驻扎的官兵，三年才能回家探亲一次。那些教学生军训站姿的小哥哥们，一说起自己的妈妈，都眼睛亮晶晶地擦眼泪。

三

总有人对秦歌老师十分好奇，问她年纪轻轻的为什么来这里。她总是笑着露出一对小虎牙，说："在我毕业前夕，学校发布了一则征集西部志愿者的消息，我看到壮丽连绵的雪山和大漠，激动不已。这片陌生又新鲜的地方不知为什么就吸引了我，我报了名。于是，三个月后，就来到新疆喀什。"

还有人问："这里条件艰苦，你后悔自己的选择吗？"

她大眼睛忽闪忽闪的，摇摇头说："说我的兵哥哥傻，其实我也特别傻。广州、上海、北京那样的一线大城市不去，反而要到这个偏远的地方当什么志愿者。我学的是音乐，没有去歌舞厅、酒吧驻唱挣钱，却选择来传言中的荒蛮之地支教、当'孩子头'，完全是因为我喜欢当老师，喜欢帕米尔高原上的孩子，还有，这儿也是我的兵哥哥喜欢的地方。"

秦歌老师想进一步发挥她的专长，便向学校申报组建一个合唱团，名字叫"雏鹰合唱团"。

在宣布合唱团成立的时候，赛尔江好奇地问："老师，为什么叫雏鹰合唱团？"

"鹰是塔吉克族人的象征，雏鹰代表着少年儿童、成长和希望，歌声和舞蹈是传递友好的最佳方式，让我们乘着歌声和舞蹈飞翔，飞得更高更远，飞过世界高地帕米尔高原。"秦歌老师说着忍不住激动地高高扬起了手臂。

虽然学生们排练、训练都很用心，但接受、消化信息有些慢。秦歌老师一点儿也不生气，专门编排了塔吉克民族歌舞，大家都排演得十分起劲。学校没有经费给学生们定制演出服，秦歌老师的大哥在山东东营做生意，听说此事，专门资助了一批演出服，这样大家就能正式上台演出了。

赛尔江曾经因为一次意外受了伤，没有再去合唱团参加表演。秦歌老师带着合唱团的小伙伴去医院看他，他在那个鲜奶蛋糕上看到了几个字——"早日康复，雏鹰亮翅"。

当他重新回到学校，同学们还像从前一样地亲昵，几个好朋友经常叫他一起去踢球。不过大家都很关心他的身体，担心他的腿伤复发。秦歌老师每天去赛尔江家门口接他去上学，下午放学再骑着摩托车把他送回家。有时很晚了，秦歌老师就在他家吃晚饭或去楼下的餐馆里吃拌面。

就这样，一个星期过去了，赛尔江觉得自己的腿好多了，笑着问她："老师，你的兵哥哥呢？你总是陪着我，他一个人怎么办？"

秦歌老师淡淡地说："即使同在一个巴掌大的地方，我们在一起的日子也很少，他总是很忙很忙。"

四

在秦歌老师的四处张罗下，合唱团的第一场演出是去军营，给那些士兵、军官表演。官兵们坐得很端正，不时给予学生们响亮的掌声，之后还和大家一起跳舞、合影，玩得特别开心。

然而，正当大家跳得欢快的时候，赛尔江却看到秦歌老师躲在一旁偷偷地抹眼泪，他走上前，不知所措地给她递上纸巾。她似乎忍不住了，突然大声地哭起来。

这时，兵哥哥出现了，赛尔江只好默默地走开，但又担心秦歌老师，所以就躲在一旁想看看究竟发生了什么。

兵哥哥不时地给秦歌老师擦着眼泪，她抹着眼泪抽泣着诉说着。原来是秦歌老师听到了一些非议，那些闲言碎语非常不中听，一些人用怀疑的眼光看她，以为她在内地发达城市有什么问题，是不是受了什么刺激，想不开才来到这高原荒僻之地……她觉得很委屈。

赛尔江和几个小伙伴一直在一旁等着，他找了一张纸，写了几句话，把这张纸，折成一只鸟，然后一甩手，这只鸟嗖的一下就飞到了秦歌老师的身上。

兵哥哥抓住纸鸟，为她展开，秦歌老师看了信，倏然展开笑容，眼里却涌出了更多的泪水。

纸鸟上的信是这样写的：

亲爱的老师，亲爱的妈妈：

你不要难过，不要流泪，我们一定会努力学习，长大以后会像照顾爸爸妈妈一样照顾你。

永远爱你的初二文体班全体学生

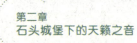
最后一课：用鹰舞告别

一

马利克夏最怀念的一个人就是他的支教老师邵君。当他们为分别抱头痛哭的时候，他看见老师泪光后坚毅的神情。也许当时他还不明白那目光的深意，而当他慢慢长大，内心对那道目光的理解就更多了一层。

学校来的支教老师多了，孩子们对于每学期都能看见新面孔似乎已经习以为常。每一个不同地方来的老师身上携带的气息都不一样，无论是男老师还是女老师。从深圳来的老师身上总带有一股咸咸的味道，有去过深圳的人说那咸咸的味道是海的气息。海，究竟是什么样？从未出过高原的孩子，对于海的概念就是对于深圳支教老师的印象。直到他们真正地开始吃牦牛肉，喝玛卡酒，学说塔吉克语，跳鹰舞，完全适应了高原生活后，这种气息才慢慢地消隐在塔什库尔干辽阔无际的蓝天中。

十岁的马利克夏第一次见到这个高个子、戴眼镜的男老师时，一下子就喜欢上他了。他身穿一件军绿色的衬衫，虽然眼镜片有点儿厚，可是他笑起来的样子很阳光。他从北京来，身上裹携着温暖踏实的阳光气息。这阳光和塔什库尔干暴烈的阳光不同，显得柔和舒展。遇到这样的阳光，你会不由自主地想像一只卧在墙角晒太阳的老猫一般，悠闲享受地眯起眼睛。

二

邵君老师教语文课。他上课的时候可以将课文讲得激昂澎湃，如同讲故事一般吸引人，下课了又像个邻家大男孩，和孩子们一起疯，一起玩儿。他教孩子们打篮球、踢足球，还向孩子们学跳鹰舞，学说塔吉克语。他和学生说话时总像大哥哥一般，一向不爱说话的马利克夏也喜欢把自己的心里话说给他听。

前排女孩子的长辫子总是不经意地扫在马利克夏的书本上，那头发又黑又亮，丝丝缕缕地透着一股特殊的味道，不是牛粪味不是青草味，而是像蜜蜂羽翅滚过杏花沾着花粉的味道……正在他恍惚的时刻，老师叫他回答问题，而一脸茫然的他，则在大家的哄笑中红了脸。

那些汉字原本那么陌生，它们横平竖直的，好像一尊尊不可侵犯的国王雕像，还不能把它们的笔画顺序搞错了，否则，就会发现那些国王吹胡子瞪眼的。虽然，爸爸给马利克夏起这个名字是"有钱的国王"的意思，可是他这个国王可比不上汉字国王威风。不认识它们，马利克夏的语文成绩就会亮红灯。因为这个老师，他发现那些汉字国王不那么凶巴巴的了，它们有的时候也很亲近他，他第一次发现语文课很有意思，并且在期末考试的时候得了93分。语文第一次考这么好的成绩，连前排女生看马利克夏的眼光都不一样了，他心里感觉甜滋滋的。

三

6月底学期即将结束，连平时调皮捣蛋的孩子都变得安静了，大家似乎有预感，邵君老师支教的时间到了，他要离开了。

那段时间，班里几个要好的同学只要有时间就会聚到邵君老师的宿舍去陪伴老师。天气好的时候，邵君老师会带学生们到附近的山区走一走，去金草滩、石头城、香宝宝……有时，邵君老师会在宿舍里做些好吃的，用高压锅炖鸡、炖肉，大家围在一起热热闹闹地大吃一顿，开心得很。

可是，最害怕的事情还是发生了。

那天，天气已经有些热了，邵君老师在教室里说："同学们，我要走了，今天是给大家上的最后一课。"

大家鸦雀无声，从未感觉到一节课是那么漫长，也从来没有感觉到一节课是那么短暂。

邵君老师一一点评了班上的学生："吐尔逊江，你不要太调皮了哦，你的语文成绩已经有进步了，要继续加油哦！白克木拉提的眼睛要注意了，写作业看书的时候注意姿势，不要离得太近了，否则近视会更厉害的！马克布夏的画，画得很好，要继续坚持画下去呀……"

已经有女生忍不住哭了，马利克夏看到邵君老师的眼圈也红了。

当邵君老师说到他的时候，眼睛亮晶晶的："马利克夏很懂事，你的鹰舞跳得很棒，记得要为你的民族争光哦……"

下课铃声一响，班里的学生们突然不约而同地站起来，显得异常紧张。这时，有学生喊道："老师，不要走。"

"邵君老师，你别走，我们想你呢。"

说着，大家都冲到了讲台上，争相抱住老师哭了起来。

大家抱在一起，哭成一团。邵君老师说："孩子们，我还会回来看你们的，你们想我了，随时都可以给我打电话。"他拍拍马利克夏的肩膀说："男子汉坚强些，我们一起跳个舞吧。"

说着，他打开手机里的鹰笛乐曲，说："别哭，孩子们，我要看见你们快乐健康的样子，你们跳舞唱歌的样子最美了。来，大家一起跳个舞。"

他拉着马利克夏率先跳起了鹰舞，接着白克木拉提和马克布夏也跳了起来，后来大家都加入了跳舞的行列，大家一边笑着抹眼泪，一边尽情地跳着。

最后一课终于结束了。学生们一字排开，恋恋不舍地把邵君老师送到学校门口。一个班五十个孩子，大家紧紧地拉着手，把邵君老师围拢在最中间。

当看到邵君老师坐进出租车，大家齐声呼喊："邵君老师，我们爱你！邵君老师，一定要来看我们！"

他摇下车窗，眼含热泪向大家不住地挥手。慢慢地，车子拉开了大家的视线，牵引着大家的目光，一直到看不见的远方。

隔了一个学期，邵君老师突然奇迹般地出现在学校里，马利克夏简直不敢相信自己的眼睛，他高兴地扑上去紧紧地抱住老师："邵君老师，你终于来了……"他又忍不住哭了。

　　邵君老师这次回来，不再教六年级了，改教低年级学生的语文课。但是几个要好的老学生，还是经常去他的宿舍玩儿。马利克夏和邵君老师成了无话不谈的好朋友。可是，一个学期后，他又回去了。之后，就再也没有来过。

　　起初几个要好的小伙伴每星期都要和邵君老师通话，后来时间久了，就慢慢少了，大家各忙各的，学习任务越来越重，时间越来越不够用。直到慢慢长大，马利克夏才学会把牵挂深藏在心里，才明白自己将来要做什么样的人。

第三章

仰望帕米尔的星空

杏树下的星空

一

有人说，天上每一颗星星都是一座岛屿。星星真的有这么大吗？星星之间是怎么联系的呢？它们相互打电话吗？我每天都这样看它们，它们可以看到我吗？……

古丽娜热在杏树下仰头看着星密如织的夜空，脑子里不停地冒出许多怪念头。有时被自己出奇的想法怔住了，不由得吐吐舌头。

爸爸的果园就在柱子山下，这棵杏树是古丽娜热出生当天，喜不自禁的爸爸在园子里精心种下的，今年十三岁，已经可以结果了。在夏天的夜晚，只要天气晴朗，古丽娜热就会站在自己的杏树下看星星。高原上的杏子长得慢，成熟晚，一进院子，那杏子的甜蜜气息扑面而来，伴

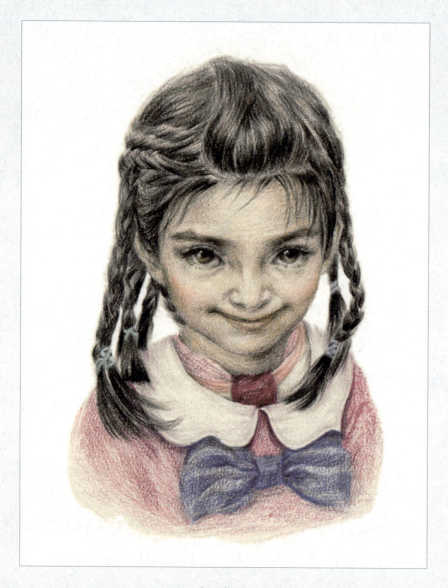

古丽娜热

着这甜甜的味道，星星似乎也变得更甜了。

　　自己杏树上的杏花是在哪天突然开的？古丽娜热只记得那一年，她六岁，那是 9 月份，她马上就要上小学了。那个早晨似乎来得格外早，爸爸喊道："古丽娜热，你的杏花开了！"古丽娜热一骨碌爬起来，那香气直往鼻孔里钻，原本还有些睡眼惺忪的她，突然清晰地看到一朵盈然而笑的花儿。那花儿仿佛会说话，一直笑盈盈地看着她，好像在说："扫科特①。"她一朵一朵地看着，发现每一朵花都是那样的相似却又不一样。一朵、两朵、三朵……她不由自主地数着那些花儿。

　　"傻孩子，杏花数不完的，开了谢，谢了开，不知道一棵树上会开多少朵花儿。"爸爸轻轻地说。可是她还是想数数那些花儿，这是她的杏树第一次开花。姐姐迪丽娜热冲她眨眨眼睛，意思说："别担心，我来帮你。"

　　当古丽娜热走出家门，才蓦然发现，柱子山下的杏花似乎在一夜之间都开了。那粉红色的祥光将朝霞晕染得格外柔美。一整天，她的胸腔里都浸染着杏花的甜蜜气息。惦记着数杏花，她都有点儿急不可待地想回家。

---

① 扫科特：塔吉克语，你好的意思。

　　"一朵、两朵、三朵、四朵……"姐妹俩放学后，在园子里开始数杏花，古丽娜热向姐姐学着数数，可是怎么也数不清。姐姐耐心地数着："101、102、103……"但数着数着又数混了，从头再来，就这样数了好几遍，还是没数清。古丽娜热灰心了："算了，不数了。"

　　姐姐停下来安慰道："坚持到底就是胜利！一定能数清的。"说完继续数，"118、119、120……"一阵风吹过，数过的杏花飘飘悠悠地坠落了，古丽娜热看到树下落了一地花红，连衣服、头发上都有。她捡起一朵杏花，插在姐姐的耳边，说："姐姐，你真美！"

　　红火球一样的太阳，落到柱子山下。星星像变戏法一般，从越来越深的天空幕布中跳了出来。哇，晚上的天空像一条镶满了亮晶晶宝石与水钻的大披肩。古丽娜热着迷地看着那些对她眨眼的星星。"姐姐，那颗最亮的星星，它好像一闪一闪地跟我说什么呢？"

　　"看，一颗流星，刚从头顶飞过。"姐姐惊呼。古丽娜热也看到一颗拖着长长尾巴的星星快速地飞了过去。"姐姐，天上有个大勺子，我看又像是一个大问号，它是不是笑我什么也不知道呢？"

　　"不会的，星星那么美那么亮，我一直觉得它们是世界上最善良的仙女。如果没有星星，夜晚是多么可怕，我们出来什么都看不见。"古丽娜热看到姐姐眼睛里闪着两颗星星。"不会的东西，咱们可以问爸爸妈妈，可以看书，等你上学了还可以问老师呀。"

杏花一朵朵地萎谢了，枝干上冒出茸茸的小骨朵。爸爸惊喜地说："古丽娜热，你的杏树要结果子了，我的女儿要有好事情了。"

"爸爸，我会有什么好事情?"古丽娜热急切地问。

"好事情来了的时候，自然就知道了。"爸爸笑着说。他看着在一朵波斯菊花旁的女儿，沉思道："人的天赋是很奇怪的事，每个孩子都是那么不一样，你是她的父母，你给予了她生命，她的脸很像你，她似乎属于你，但她又是她自己，她的命也许只有她自己知道。"

二

"古丽娜热，快准备一下，下个月去香港参加合唱比赛。"当古丽老师把这个消息告诉古丽娜热的爸爸妈妈时，爸爸高兴地说："这是个好消息，是好事情呀! 古丽娜热，你可以去香港了，爸爸长这么大，只在电视上看过香港回归的消息，还没机会去香港，以后也不知道有没有机会去。你就是我们全家的眼睛，你代我们去看香港。"

可是，妈妈却低下头，说："女儿太小了，从来没离开过家，从来没有离开过我的呵护，你出去在外面没有妈妈烧的奶茶喝，怎么办?"

"妈妈，妈妈，别担心，古丽老师说她会照顾我们的，让家长们放心。"古丽娜热摇着妈妈的胳膊，她在妈妈的眼睛里看到了两颗又亮又大的星星。

十几天后，古丽娜热回来了。

"我的好女儿，你终于回来了。妈妈每天都想你，念叨你，快让我看看你……你长高了，也更好看了……"妈妈一边吻着女儿，一边情不自禁地流下眼泪。古丽娜热紧紧抱着妈妈不松手，这时她又看到了妈妈眼中的星星。

三

古丽娜热回到家一直看几本花花绿绿的书，姐姐凑上来，问什么书让她这么着迷。古丽娜热把书给姐姐看，神秘地说:"这是深圳的一个叔叔送给我的天文百科全书。香港的小朋友麦克送我一个望远镜，晚上咱们去看星星吧。"

她们盼着晚上快点儿来，早早地搬了凳子，去院子里等着看星星。

杏树上的杏子已经结满了，摸上去个个圆鼓鼓、毛茸茸的，可爱得很。古丽娜热忍不住摘了一枚，放在嘴里咬了一口："哎哟，酸酸的。"姐姐笑着说："杏子没有熟，吃多了会倒牙的。"

"姐姐，我现在知道了，最亮的那颗星星是启明星。"古丽娜热指着那颗闪闪发光的星星说，"那些星星聚在一起，好像人们去赶巴扎①。有时候，真想去天上看看这些星星。"

"嗯，这一片星星组成的图案就像小妹妹茹合萨热刚学会走路的样子。"姐姐拿着望远镜出神地边看边指指点点。

"让我也看一会儿嘛。"

"好。"

古丽娜热迫不及待地接过望远镜，指点着说："书上说，那个大问号是北斗七星。"

夏夜，古丽娜热和姐姐几乎都会在爸爸种的杏树下仰望星空。有了书，古丽娜热就像找到了一个好向导，她知道自己迷恋的星空原来只是茫茫宇宙中的一角。天晴的时候，从东南到西北方向可以看到几颗行星同在一条线上。有时，还会看到拳头大小的飞行物，发着白色、绿色的

———————————————

① 巴扎：集市的意思。

光芒飞来飞去，一般都飞得很快。

"是飞碟吗？是外星人来地球了？"古丽娜热不停地向着夜空发出疑问，也常常被自己脑子里的怪念头吓一跳，"姐姐，如果是外星人，会不会把我们俩接走，去另外一个星球呢？"

"那我们刚好可以去太空旅行呀。"姐姐并不忧虑，反而还感到很开心。

"可是，我还是有点儿害怕。"

姐姐安慰说："你不是羡慕《星际穿越》中的那个女科学家吗？你将来要是当上天文学家了，就可以漫游太空，漫游宇宙了。"

四

古丽娜热变了。原本那么喜欢唱歌跳舞的她，一头扎进书本里。从香港带回来的书已经被她反复翻遍了，书本为她打开另一个广阔深邃的天地，那里面有无数颗闪耀的星星，汇集成一道光。

这天傍晚，古丽娜热看书看累了，揉揉眼睛去看远处的柱子山。柱子山高耸入云，气象雄伟。她重复着柱子山的发音：斯托尼、斯托尼。

此时，从斯托尼山刮来一阵风，吹得胡杨树的叶片簌簌作响。夕阳挂在柱子山巅，为大山抹上了一层瑰丽奇幻的光泽。若明若暗的天幕上，一颗星星半悬在山间。一只苍鹰在高空中盘旋，展开的翅膀似乎将星星扇动得一闪一闪的。

就在古丽娜热看得出神的时候，父亲悄然走到她身边，陪着她一起注视那遥遥的高山与天边。

"爸爸，我什么时候能爬上这座山，去看一看那挂在山间的星星？"

"这座山太大、太高了，我还从来没有上到顶峰呢。"爸爸说，"爷爷说那是神仙住的地方，我们只能仰望。鹰是我们的眼睛，它飞上去了我们就上去了。孩子，无论你走到哪儿，那颗星星都在柱子山间指引你，为你祈福。"

"为什么我数杏花、数星星从来没有数清楚过？"古丽娜热有些遗憾，似乎还有些自责，眨着一双星星般的眼睛。

"不需要数清楚，你知道它们很美，它们一直陪你长大，就很好了。"

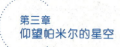
古丽妮莎的太阳

一

古丽妮莎最喜欢的人是爷爷，她已经有三年没有见过爷爷了。前几天她还梦见爷爷，梦见他不停地咳咳咳，说杏子熟了，古丽妮莎，快回来吃呀。古丽妮莎说参加完合唱比赛就回勒斯喀木去看你……可是爷爷却怎么也听不见，她大声说了好几遍，直到把自己说醒了。

睡在一旁的奶奶，听到了古丽妮莎的梦话，说："孩子，你想爷爷了？"她点点头，奶奶叹了口气说："我也想爷爷，觉得自己老了，想回家了。"

奶奶为了照顾古丽妮莎，从勒斯喀木老家来到塔什库尔干县城。爷爷说在城里待不惯，住几天就想回去，他说想家里的牦牛、羊，还有马。

古丽妮莎

他喜欢骑马，不喜欢城里有那么多车、有那么多的人，他看不懂马路上的红绿灯，有几次他一个人外出都找不到回家的路。

爷爷是勒斯喀木老家最牛的医生，可以把生病的人治好。他现在已经退休了，但还是有很多人找他看病。

古丽妮莎生下来五个月，妈妈就把她留在了爷爷奶奶家。从她记事起，眼前就只有这两位鬓发斑白的老人。他们特别疼爱这个伶俐的小姑娘，奶奶曾不止一次地说，很想把这个拇指大的她，装在贴身的口袋里带着走。

暑期一到，奶奶就计划着和古丽妮莎回老家看爷爷。老家的亲戚多，奶奶说能说话的人有，就是太远了，路不好走。夏天的叶尔羌河一发洪水，就会挡住路。冬天山里的雪特别大，会把路冻住。每一次想回老家去，她们都会被很多事情挡着，总是回不了家。叔叔说给奶奶找车回老家，可不巧的是，几天前山里下雨了，下雨之后，洪水就来了。能去勒斯喀木老家的车不多，要等，而且不知道要等几天。

二

　　勒斯喀木藏在深山里，回家要经过好几个达坂。夏天如果赶上发洪水，路就会阻断。然而，老家的风景美，到处都是绿油油的草地。杏树密集，每当杏子成熟的季节，满树都挂着金黄剔透的小杏子，别看个头小，却甜得好像糖包子。由于杏子带不出山，只能自生自灭，熟透了的杏子"啪"的一声，掉在树下，有时羊吃了，有时风吃了。总之，杏子熟了的日子，风都带着杏子甜蜜的味道。

　　这时，一家人经常围着杏树分工协作：爷爷手脚敏捷地爬上树干，在树枝上摇杏子，奶奶和古丽妮莎负责在树下用一块布接从树上掉下来的杏子。用水渠的水冲洗干净的杏子带着冰凉的雪山气息，一家人一边吃杏子，一边将杏核摆在脚下，吃完杏子，再用石头砸出一粒粒饱满清香的杏仁。

　　回到老家，亲戚们都特别热情，每天都会有亲戚邀请她们去家里做客，吃肉、吃杏子、喝酸奶。每天中午，爷爷都会带着古丽妮莎和几个小伙伴一起坐到石头上晒太阳。他总是眯着眼睛，胡须在太阳光下显得又白又亮。古丽妮莎最爱听爷爷讲故事，尤其是爷爷讲太阳的故事，她都听了一百多遍了，却总也听不够。

　　塔吉克族人喜欢太阳。很久很久以前，那时候太阳很低，感觉就在头顶，一伸手就能摸到。他们喜欢唱歌，喜欢围着太阳跳舞，可是感觉跳舞总是踏不到舞点，于是就把太阳摘下来放在手上，于是太阳就变成了一面手鼓。手鼓很大，比绿洲平原的手鼓大多了。击打太阳手鼓要请两个最令人尊敬的妇女合作，她们一个要掌握主要节奏，另一个用千变万化的指法配合，才能敲出让塔吉克族人激动不已的声音、节奏和光芒。有时，太阳像调皮的大鸟一样飞走了，几个小伙子就用鹰的翅骨做成一支笛子，他们吹起笛子，笛子发出如同雄鹰展翅般的呼唤，呼唤太阳。塔吉克族人会模仿鹰的姿态，展翅翱翔，跳起鹰舞，去追赶太阳……

爷爷，后来呢？后来追到太阳了吗？爷爷的故事总是讲到这里就停下来了，他总会先把报纸撕成条，在手里卷呀卷呀，然后抓一把金黄的莫合烟叶，撒在纸条上，再细细地卷成一根管，然后用火柴"嚓"的一下点燃，让火光照亮他的脸。

在古丽妮莎的记忆里，爷爷脸上的皱纹似乎一直是这么多，每一道皱纹里都藏着秘密。可是他点着了莫合烟，就好久不再说话，好像莫合烟里面满是蜜糖。吐出的烟雾围绕在爷爷的头顶，好像山上的白雾。莫合烟的味道就是爷爷的味道，有时很香，还有点儿呛。

奶奶一出现，爷爷就不抽烟了，因为奶奶一闻到烟味就会咳嗽，尤其这几年越来越严重，这也是奶奶要到县城的原因。在山里生病很麻烦，虽然爷爷是医生，可是村里经常没有药，买药要到县城，要走很远的路，而且路很难走。

三

平时来找爷爷的人很多，有些是骑着马跑了很远的路才找到爷爷的，来的人一般都显得神色紧张、很焦急的样子。有时，马背上还驮着一个身体沉甸甸的人。爷爷总会招呼叔叔把病人送进石头房子里的土炕上，爷爷总是要求房子里的炉子要架着火，让进来的人感觉很温暖。

有天夜里，爷爷被一辆"突突突"发动的摩托车接走了，第二天才回来，显得很疲倦很难过的样子。原来他们走了很远的路，又爬山翻达坂，可是赶到那户牧民家时，病人已经去世了。这样的事情似乎经常在山区的老人中发生，每次爷爷听到这样的消息，都会闷声不响地抽着烟，好久也看不见笑容。

爷爷对古丽妮莎说他还接生过很多小孩子呢。他说有时护送病人去医院生孩子，可是在路上孕妇就要生，没有别的办法，就只好由他来接生。第一次遇见生孩子的时候，他还是个刚从医学技校毕业的学生，感觉很难为情，也不知道该怎么办。看着生孩子的妈妈那么痛苦，他害怕极了，汗水把衣服都打湿了。可是当把小孩子接下来，孩子发出清脆啼哭的瞬间，他也哭了。后来遇到这种情况，就不再怕了，这村子里的很多小孩都是爷爷接生的呢。爷爷说高原上的孩子少，很多小孩一出生就死了，是缺氧的缘故。近几年，塔吉克族人死亡率高，出生率低，所以高原上的人口一直很少。

妈妈说生古丽妮莎的那天，感觉像在过一条大河，那条大河波浪滚滚，无边无际，像是要把她吞没了，妈妈害怕地哭了起来。这时奶奶来了，她抱着妈妈安慰她、鼓励她，在一次次的努力下，妈妈终于渡过了河。每次听到这些事，古丽妮莎就会偷偷地想：生孩子的事好像很可怕呀！与生孩子连接在一起的是血和疼。女人都要生孩子吗？生孩子要流好多血吗？如果那么痛，那将来就选择不生孩子了……

爷爷说每次把病人治好，他比做什么都高兴。如果救不活病人，他就会难过好几天。古丽妮莎就想成为像爷爷一样的人，长大了做个医生。爸爸很支持她的想法，可是妈妈说当医生太辛苦了。

一见到爷爷，古丽妮莎总会抓着爷爷的胳膊问："爷爷，爷爷，太阳的故事呢？"

有时爷爷会笑眯眯地说："太阳的故事多得很，等你长大以后再讲。"

"长大要等到什么时候？"

"长大要到长大的时候。"

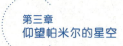

爱照相的骆驼小王子

一

在路上，艾米尔丁先看见骆驼，再看见的是尼亚孜巴依。

摩托车从一个坡冲向另一个坡，骆驼就出现在高地上的草丛间。毛茸茸的棕色皮毛，又长又密的眼睫毛扑闪着，优雅而坚韧的长腿挺立着。它们站在窄窄的山道中央，痴痴地看着路人，一副不知所措的样子。这些温顺又通人性的骆驼，一直以来都是深山塔吉克族人生活中不可或缺的家人，他们骑着骆驼走出深山，游历四方，再回归家园。

村干部艾米尔丁只好将摩托车熄火停下，耐心地给骆驼让步，说："骆驼表面温顺，实际上它的脾气大得很，发怒的时候，人拿它一点儿也没办法。"

这时，从高坡上跑来一个穿牛仔衬衣的小男孩，他一边拉着骆驼缰绳，一边和骆驼说着话，一直向艾米尔丁行注目礼的骆驼乖乖地跟着小男孩转身退到路边。

小男孩有着阳光般的笑容，他牵着骆驼大声地招呼着艾米尔丁，显得异常兴奋。艾米尔丁下了摩托车，和小男孩像老朋友一样打招呼。这深山这旷野这阳光，让不曾相识但偶然相遇的人，没有任何距离和隔膜。

这个叫尼亚孜巴侬的小小少年才十一岁，长睫毛下有一双明亮的眼睛，皮肤上有层细细的绒毛。他在喀什地区阿巴提镇小学上学，暑期结束再开学就要上六年级了。他从小特别喜欢骆驼，暑假回老家在亲戚家玩儿，有时间就会牵着骆驼到处溜达。

他把所有的骆驼都看成是好朋友。亲戚家的十八头骆驼，每头他都认得清，知道它们的脾气。有的骆驼性格温顺，很听话；有的则脾气偏，暴躁得很；有的调皮，喜欢开玩笑；还有的爱捉弄人——当然是捉弄和欺负小孩子或者它们看不顺眼的陌生人。它们不敢这样对待大人，尤其是厉害、粗壮的男人，因为男人会狠狠地抽打它们。

骆驼们也认得尼亚孜巴侬。他每次一走进骆驼家，它们都会很热情地跟他打招呼。尼亚孜巴侬最喜欢的是一头鼻子上有白色胎记的小骆驼，叫它"白月亮"。它出生才几个月，还在吃妈妈的奶。起初，"白月亮"

的胆子小得很，总是跟在妈妈的身后，寸步不离，也不敢独自往外走。后来，这家伙的胆子变得大起来了。有一次，在尼亚孜巴依带着骆驼们外出野餐途中，"白月亮"跑到一座山坡下，找不到路上来。尼亚孜巴依数骆驼的时候发现少了一头，而"白月亮"的妈妈总是不住地喷响鼻，很烦躁地踢腿，四处张望。尼亚孜巴依急忙安慰它，说："别担心，我去找它。"

果然，在一个小山沟里，他看见了焦急不安的"白月亮"，它四处打转，却怎么也上不来。尼亚孜巴依个子小，力气小，他跳下山沟，在它的身后用力地推它，却怎么也推不动，只好回来找叔叔帮忙。叔叔真厉害，他的力气很大，连拉带拽，外加鞭子的威力，"白月亮"才终于从沟底爬出来了。

二

尼亚孜巴依的爸爸说，在没有摩托车之前，骆驼是家家户户的好帮手，皮勒村所有的物资都是骆驼驮进来的。据说连那些施工的大机械都是先拆开部件，由骆驼一一背进来，再重新组装好，才得以施工。牧民家盖房子的木头和装修材料也是这样从马尔洋乡运过来，有的甚至是从塔什库尔干县城或喀什地区运来的。

骆驼爷爷是骆驼家族中最有威严的一个，就像在家里族人不得不听爷爷的话一样。它会教训那些不听话的骆驼，它们每天也像人一样要开会呢。骆驼中有一些成年的，脾气有点儿大，可是它们见到骆驼爷爷都会悄悄地把眼睛垂下来，一副恭恭敬敬的样子。母骆驼聚在一起的样子就像奶奶、妈妈、阿姨们在一起做针线活儿的样子，总会聊聊家长里短的，东家出了什么事，西家又生了一个小孩……小骆驼们总是喜欢无忧无虑地玩耍，它们跟在妈妈身后，走走停停，好奇地四处张望，累了就休息，饿了就吃奶，有时还向妈妈撒娇呢。

三

兴致盎然地说完了骆驼，尼亚孜巴依一双眼睛亮晶晶地盯着艾米尔丁胸前挂着的相机，说："哥哥，能不能让我也拍一张，我不会弄坏它的。我会拍照，有个记者叔叔教过我怎么用相机。"

艾米尔丁面有难色，说："这是一位摄影老师送给我的，是让我下村

用的。"

"我就想着给骆驼们拍几张照片，因为8月底一开学，我要回去上学，就见不到我心爱的骆驼了。"尼亚孜巴依扑闪着一双大眼睛。

看着他迫切的眼神，艾米尔丁点点头，把相机交给了他。

尼亚孜巴依小心地把相机带挂在自己的脖子上，认真地看着相机上的按钮。艾米尔丁让他把一只眼睛放在取景框，并让他用左手托着相机的底部，用右手找快门的按钮。"好，摁快门!"

"咔嚓"一声，尼亚孜巴依成功地拍下一张照片。艾米尔丁教他如何用回放查看照片，还夸奖他拍得很好。尼亚孜巴依有点儿兴奋地羞涩一笑，低下头摆弄着相机，一副爱不释手的样子。

一路上，尼亚孜巴依看见花儿就对着花儿拍，看见石头就对着石头拍。艾米尔丁指着太阳告诉他要注意光线的问题，又告诉他如何使用微距去拍好一朵花儿。很快尼亚孜巴依用艾米尔丁教的办法拍出的照片就让大家惊喜不已，尤其是艾米尔丁和古丽扎热汗、都尔苏里坦等在皮勒村一块标志性大石头旁的合影照，竟然拍出了几分专业摄影照的神韵。

当然，尼亚孜巴依拍得最多最好的还是骆驼的照片。他拍摄下骆驼们三三两两低下头寻觅吃草的安详神态，骆驼爷爷从容地望向远方的笃信眼神，骆驼妈妈和骆驼宝宝相偎相依在树下，还有小骆驼撒娇地扎向骆驼妈妈的怀里吃奶的样子……

"你这么喜欢拍照，将来想当摄影家吗?"艾米尔丁问。

尼亚孜巴依挠挠头想了好久，才说："将来的事情不知道，等长大以后再说自己想干什么吧。"

尼亚孜巴依说着，牵过小骆驼，对它说："'白月亮'，如果能和你一起长大，天天在一起，该有多好呀。"

"白月亮"像听懂了一样，温柔地用舌头舔着他的手心。

艾米尔丁说："你总要长大呀，总要离开这座深山，去看看外面的世界。"

尼亚孜巴依抚摸着"白月亮"的脖颈，沉默了一会儿，说："我从一本书上看到，有一个摄影家骑着骆驼从沙漠中过，喝尽了最后一滴水，昏死在骆驼背上。后来，骆驼驮着他，找到了水源，这个摄影家才活了下来。"

艾米尔丁点点头，有些感动地说："骆驼会救人，它们一直是人类的好朋友。"

"我喜欢骆驼，感觉和它们在一起就像和亲人们在一起一样，每次和它们分开，我心里都很难过。"尼亚孜巴依说着，一边轻轻地抚摸着"白月亮"的鬃毛。

"这是拍立得相机，拍了照片，可以打印出来的。"说着，艾米尔丁按下相机下方的按钮，彩色照片一张接一张地被打印出来。"拿着，这些照片全部送给我们的骆驼小王子尼亚孜巴依。"

"太好了!"尼亚孜巴依惊喜地跳了起来。

"真是太好了！这是'白月亮'，这是骆驼爷爷……"他拿起一张张骆驼的照片，捧在手里，开心地仔细端详着，又把它们贴在胸口。

手上有火的小艾米尔丁

一

小艾米尔丁说他从小就是个调皮的孩子，所有的东西在他手上，不出三分钟，总是坏的。每当这时候，教化学的爸爸就会无奈地摇摇头，认真地看一看儿子的手，幽默地问："小艾米尔丁，你的手上有火吗？"

小艾米尔丁低下头，难为情地摩挲着自己的手掌，他看见自己手心杂乱的纹理，十个手指上的纹理居然没有一个相似的。他看过某本书上讲，十个手指头每个纹理都有各自代表的含义。十个手指纹理每个都不一样，似乎是特别好或特别不好的两个极端。他想不起来那本书是什么书，也忘记自己是在哪儿看到的。总之，手上的火又在哪儿？

小艾米尔丁

他反复看着那微微泛红的掌心，一条弧线横贯掌心，主线旁有错综复杂的线条，看着就让人犯晕，不知道代表着什么意思，也不知道是怎么刻上去的，那么深，洗也洗不掉。为什么自己的掌纹和妹妹的一点儿都不一样，她的手又细又滑，连手心都那么白净，掌纹又细又浅，也不乱。

小艾米尔丁好奇心重，对什么都感兴趣。为什么这个玩具车会往前跑，会翻跟头，会闪灯，可那些塑料制品还没摆弄两下就裂了？爸爸新买回来的电子闹钟，他总想看看蓝色表壳里到底装着什么东西，于是就把它的后盖打开，里面是花花绿绿的线板，都是做什么用的？还有指针咔嗒咔嗒地转，是受哪个东西控制的？还没等他搞明白，突然听到爸爸进门的声音，他连忙手忙脚乱地把摊在地上的零件全藏起来。可是等爸爸走了，他却怎么也找不到壳子上的螺丝了。

对于新鲜玩意儿，小艾米尔丁总想打开看个究竟，那种抑制不住的欲望迫使他想把它们拆开来探究秘密。他经常用螺丝刀或剪刀修理家里一些坏了的电器，可是经常在打开之后，根本不知道问题出在哪儿，反而使很多物品彻底不能用了。为此，爸爸气得曾在他屁股上狠狠打过两巴掌。

今天，小艾米尔丁又把一个全新的遥控器搞坏了，正想办法把它弄好呢，如果弄不好又得挨打了。

二

过十岁生日的时候，亲戚送小艾米尔丁一只电子表，黑色的，外形非常酷，他喜欢极了，每天都戴着，舍不得取下来。可是有一天，表突然不走了，他仔细查看也没找到原因。艾则孜江说学校旁边有一个修表的浙江人，很神，好像什么都会修，可以去找他帮忙看看。

修表的浙江人眼睛细得像一条缝，手指细得像柳条。只见他麻利地用小起子打开表壳的后盖，没想到那里面竟是一个令人惊讶的世界，暴露在眼前的是细密的电路板。

"很简单，电池没电了，换个电池就能走。"浙江人从表芯里面取出一粒银色纽扣电池，又找出同样型号却是崭新的一粒放进去，果然手表像安上了心脏，又开始跳动了。

浙江人的修表工作间是一个鸽子笼大小的地方，有简陋的玻璃橱窗，里面从顶棚到地面，没有一处是空闲的。待修或者废弃的家电，各种各样的螺丝，还有一些不知道干什么用的东西，摆得密密匝匝。在满是工具、器械的木板上放有被褥，屋子里飘荡着一股怪怪的味道。乱糟糟的空间，细成一条缝的眼睛，怪怪的味道，这一切让小艾米尔丁有了从未有过的新鲜感。这个鸽子笼一样的工作间从此成了他经常光顾的地方，他也跟着大家亲昵地喊这个浙江师傅"老表"。

三

"老表"是浙江台州人，他说老家虽然好，但是在家不好活。村子里有个算命先生说他要朝西走，越远越好，越高越旺。于是他一个人从几千公里之外的沿海背着自己吃饭的家伙，一路向西来到新疆。刚开始去投靠在吐鲁番做生意的亲戚，为了生计学轧皮鞋。"机器轧皮鞋——"每当"老表"用带着乡音的普通话这样沿街吆喝，就会有一些好奇的维吾尔族人看着他笑，并学着他的腔调吆喝。"老表"在葡萄长廊的阴凉下做活的时候，有相熟的当地老乡和他打招呼，竟然也都是喊"机器轧皮鞋"。可是，"老表"在吐鲁番做了好一阵子皮鞋匠，也没赚到多少钱，仅能维持温饱。后来，他才知道吐鲁番是个盆地，夏天干热无比。天太热，很少有人能穿得住皮鞋。于是，"老表"离开吐鲁番，继续西行，往帕米尔高原行进。

刚上高原那会儿，"老表"感觉身体特别不适应，头痛，流鼻血，加上举目无亲，不知道自己要干什么。当他在绝望中准备离开的时候，遇到了一个老乡，这个老乡帮他找了现在这个"鸽子笼"，他从此开始了自己的电器钟表修理工匠生涯。

四

小艾米尔丁喜欢这个"鸽子笼"和"老表"，"老表"给他修理任何东西都不要钱。在"老表"手下似乎什么东西都可以起死回生，什么都可以变好。小艾米尔丁经常给"老表"带些好吃的作为酬谢，奶疙瘩、阿勒热克①。他发现"老表"其实吃不惯奶疙瘩，那细小的门牙怎么用力也咬不动，但是品尝的时候，"老表"还是很高兴，眼睛都笑成弯月牙儿了。

小艾米尔丁在"老表"身边，羡慕地看着"老表"灵巧的手指，感觉自己的手指似乎比他粗笨很多。那些电器、零件似乎都特别听"老表"

---

① 阿勒热克：塔吉克族传统油炸小吃。

的话，他三两下就能把它们收拾得服服帖帖。可自己为什么总把东西拆开却修不好呢？

"老表"说，他小时候也经常背着父母拆家里的东西，经常被父母打，骂作"败家子"。后来，他长大了，跟了一个修表修电器的师傅，发现这里面的技巧只要掌握了，就很简单。他还自学了电路技术等课程，所以现在才能够以此为生，养活自己。

小艾米尔丁特别想向"老表"学手艺，想将来以此赚钱谋生。他对"老表"的那套工具很感兴趣，没事了就拿着摆弄摆弄。"老表"对人很随和，他总说塔吉克族人内心干净，像远处冰山上的白雪。他喜欢这里的人。每次听到这样的话，小艾米尔丁都格外高兴，为自己是塔吉克族人而自豪。

可是，假期过后，小艾米尔丁从库科西力克老家回来，兴冲冲地去找"老表"，没想到那"鸽子笼"居然挂着一个大铁锁，门口堆着很多垃圾，似乎很久没有人清扫了。艾则孜江说他也很久没有见到"鸽子笼"开门了。后来，听说这个"老表"被公安局抓走了，据说他是在老家杀了人，才躲到这里的。小艾米尔丁根本不相信，这样一个随和、爱帮助他人的"老表"怎么会是杀人犯呢？可是那些人说得有鼻子有眼，说警察把"老表"带上警车之后，他就再也没有回来。

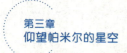

　　小艾米尔丁困惑地摊开自己的手掌，似乎要在里面寻找答案。而掌心里除了乱而密匝的纹理，他觉得自己什么都没有找到。

　　"我要快点儿长大，快点儿长大！"他挠了挠头，在心里对自己说。

伊萨克与猫

一

你看，伊萨克的猫被他宠成了国王。那只小猫在他怀里一直向外张望着，却迟迟不敢跳下来。它惶急地在小主人身上探寻，从肩膀爬到头顶，而伊萨克始终好脾气地任由它在身上头上抓扯攀爬。

在皮勒，猫们在村子里显得非常从容，它们优雅地拖着尾巴从你面前经过，既不好奇也不拘谨，俨然是这片领地的主人。这里的猫个头都不大，几乎没有体态臃肿的胖猫。有着金黄带暗纹的毛色，眼睛闪着冰蓝色的猫，经常谜一般地出没在村子的任何地方。这里似乎家家户户都有猫，猫在花毡上戏耍，在被褥上跳来跳去，饿了喉咙里会发出咕噜的声响，和人们一起吃馕吃肉，还喜欢睡在小孩子之间，呼噜呼噜地睡得天昏地暗。

而这只小猫更为金贵，被少年伊萨克顶在头上，让它趴在肩上，把它抱在怀里，甚至任由它用猫爪摁在他的脸上。

伊萨克从小就喜欢猫，从记事起，身边就有一只又一只的猫，猫是和他在一个炕上长大的，可是它们比人老得快。有些猫感到自己大限将至时，往往会离家出走，找一个隐秘的地方了却残生，真让人悲伤心痛，又令人肃然起敬。

伊萨克记不清楚家里曾经有过多少只猫。总之，从他有记忆起，家里就有一只跟在奶奶左右，仿佛和她一样苍老的猫。它总是安静地卧在奶奶身边，有时蜷缩成一团睡觉，有时一动不动地卧在那儿闭目养神，有时睁着一双骨碌骨碌转的眼睛打量一切。

二

伊萨克发现猫的眼睛很怪，不同的时候形状都不一样。晚上睡觉的时候，他看见在黑暗中的猫，瞳孔是圆的，像月亮银盘；到了中午，太阳光最强的时候，猫的瞳孔又变成了一条竖起的细月牙儿；在其他时间，它的眼睛里有不一样的椭圆形。他还发现猫的眼睛与月亮有些联系，月亮从大山上升起的时候，是一个弯弯的小钩子，之后每天的形状都不太一样，小钩子会慢慢变大，慢慢地长成一个银灿灿的大圆饼。每当天上出现"大银饼"的时候，似乎是猫的节日，尤其是晚上，很多猫会聚在一起。

伊萨克注意这个现象已经很久了，当冰块从河里消失的时候，当燕子跳上屋檐筑巢的时候，当山谷里的风变暖的时候，在"大银饼"到来的晚上，之前一直无精打采的猫会突然变得躁动起来。

夜像一块黑绸布，重重地压下来，压在他的眼皮下，让他一到晚上就哈欠不断，眼睛沉得睁不开。晚上，猫总是挤在伊萨克和弟弟之间睡，当它们呼噜呼噜酣睡的时候，他也跟着睡过去。而那样的晚上，梦里总会有一只猫或者好几只猫，那些猫和平时不一样，有些平常特别温顺的猫会变得非常凶悍，它们一会儿温顺地舔舔彼此的皮毛，一会儿又厮打在一起，身体旋转着、搏斗着，气势汹汹……

他总是被一声高过一声的猫叫惊醒，醒来，发现床上的猫都不见了。它们到底去哪儿了呢？他和弟弟约好了要去看看猫的秘密聚会。

为了探究这个秘密，在一个月圆的春夜，伊萨克故意不让自己睡。特别困的时候，就用手指头用力撑着眼皮。而弟弟却推不醒，说好的要一起去看猫，可他却睡得像个死人一样。

　　当外面响起一声猫叫，伊萨克看见身边的猫抖抖发亮的皮毛，从炕上跳下去，悄无声息地越过木头窗户，身姿敏捷地跃上院墙。他连忙悄悄地走出家门，一路蹑手蹑脚地跟在猫的后面。

　　漆黑的树影下，月亮把青稞田铺成银白色。在田埂上，竟然有数十只猫聚在一起。它们就像自己梦见的那样，彼此舔着身上的皮毛，或者两三只追逐戏耍，滚在一起，不时发出刺耳的声音。树下有窸窸窣窣的声响，还有一声接着一声凄厉而快活的号叫，那叫声此起彼伏，听起来让人心慌。伊萨克还看到无数只银灯样的眼睛，在黑暗的碎影中闪闪发着冷光。他不由得有些害怕了，急忙悄悄地溜回家，回到炕上，钻进被子里，紧紧地抱住呼呼大睡的弟弟。他还听到其他的声响混在那高一声低一声的猫叫中，有喘气声，有重重的叹气声，还有奶奶的咳嗽声。原来，这个晚上很多人都没有睡好。

三

　　第二天，伊萨克在迷迷糊糊中被弟弟推醒，他看见弟弟一边揉着眼睛一边说着什么，还看见猫像往常一样，依偎在脚下正缩成一团，似乎什么也没有发生过，昨天晚上的一切好像是一个恍恍惚惚的梦。他用力想，也想不清楚是怎么回事。整整一天，他都昏昏沉沉的，直到奶奶把他叫起来，才清醒了。他一边喝着奶茶，吃着馕，一边打量奶奶身边的那只老猫。

奶奶问伊萨克："孩子，你怎么了？有什么心事？你看起来不像以前那么爱笑了？"

伊萨克抬起头看着奶奶，一道光恰好打下来，落在奶奶花白的头发上。她的瞳孔是圆的，像月亮圆盘，是闪闪发亮的冰蓝色，很像猫的眼睛。那只猫几乎一动不动地依偎在奶奶身边，闭着眼睛，似乎外面发生的任何事情都与它无关。

奶奶爱猫，所以家里的猫多得数不清。她说猫也是她的孩子。小时候，家里有一只特殊的白猫，它的一只眼睛瞎了，一条腿是瘸的，反应迟钝。奶奶对它格外照顾。它和家猫长得一点儿也不一样，浑身雪白，没有一丝污迹。奶奶说这是一只名贵的波斯猫，在大河边上发现的，它受伤了，它的主人已经死了。奶奶捡回了它。这只猫的确格外聪明，走路的时候，都要蹭着奶奶的脚跟。虽然一只眼睛瞎了，可是奶奶只要从外面走进来，它就会跳下炕，在门前迎接。奶奶对它格外关照，总是抱在怀里不停地抚摸着它的后背。但是没过多久它还是死了。家人把它埋在杏树下面，伯伯还给它念了经，伊萨克看见奶奶掌心向上不停地祷告着，家人也跟着奶奶一起祷告。

伊萨克捧着奶茶，说："奶奶，这只老猫几岁了？"奶奶笑了，她的脸像展开了的褐色核桃皮，"你问这个干吗？"

奶奶身边这只老猫虽然不说话，可是它在家的地位和奶奶一样，就像奶奶的影子，没有人对它不尊敬。伊萨克开始对猫感兴趣的时候，发现猫像一个谜，总有让人想不明白的地方。

"这只老猫，是它妈妈的孩子，它妈妈也有妈妈。从小它的妈妈就和我在一起，我看着它的妈妈出生，又死了。那棵杏树下埋着很多猫。小时候，我总问我奶奶，死去的猫去哪里了？奶奶说，它们去天堂了，它们的灵魂会跟着它们的孩子一起来，所以你看见的始终是一只猫。"奶奶的话，让伊萨克更听不懂了。

奶奶说着，一边喝奶茶，一边用满是青筋的手抚摸着猫背。那只猫顺从地闭着眼睛，伸出爪子，后腿蹬直，整个身体平铺着，任由奶奶的手在它的背上游走。

"这只猫老了，它活不了多久，也要去天堂了，很快就会有另一只猫来替它陪伴我。我也会去天堂，在不久的某一天。你出生的时候，它还没有来，现在它要走了。"奶奶说着，老猫突然睁开眼睛，那眼睛和奶奶的很像。奶奶的话，伊萨克怎么也听不懂，可能是晚上没睡好觉吧。他着急地紧紧抓住她的手说："奶奶，不去，我不想让你离开我们。"

"傻孩子，天堂里我们迟早都会见，在那里我又可以见到我的爸爸妈妈和爷爷奶奶，你将来也可以在那儿见到我。我们一家人迟早会团聚在一起。"奶奶抱着伊萨克，在他的额头上亲吻着。接着她又说："这只猫很能生孩子，如果我没有记错的话，它隔不久就会生下一窝小崽子，有一次最多的时候，居然生下了十三只小猫。当时可把我们高兴坏了，因为还没听说谁家的猫能一下子生这么多的小猫。很多亲戚都来看它，有的还带走了几只，也就是说，现在村子里的很多猫都是它的孩子。"奶奶的话，让伊萨克对眼前的这只老猫充满了敬意。

这时，一只小猫摇摇晃晃地跑进屋，伊萨克把小猫抱在怀里，另一只小猫也趴在他的身上。奶奶笑着看着他，说："我就喜欢你这样，你那么喜欢猫，猫也会喜欢你的。去天堂，猫神会保佑你的。"

"奶奶，你为什么那么喜欢猫？"伊萨克的问题总是不断出现。

"猫是我的朋友，从小，猫就和我睡在一个被窝里。那时候家里穷，抱着猫睡觉，会觉得很暖和。猫是家里的守护神，有了猫在家，老鼠和蛇都不会来找我们的麻烦。"奶奶继续说，"我的爷爷告诉我，猫是神，是妈妈的象征，它爱干净，很聪明，它喝过的水我们可以喝，它不喜

的人我们也不喜欢。不喜欢猫的人，我们都不喜欢。"

四

老猫在"铁合木祖瓦斯提"节那天死了，它死去的时候，还是卧在那儿一动不动，像睡着了一样。族人在过节的忙碌中，把它埋在杏树下。

"铁合木祖瓦斯提"是"播种"或"开始播种"的意思，是高原上的"耕种节"。那几天，妈妈和婶婶每天忙着烤馕，她们还要做一种叫作"代力亚"的饭，是把大麦碾碎煮熟和压碎的干酪混合在一起。过节的时候，邻里要相互拜节，当亲戚们出门时，妈妈会跟随在他们后面洒水，奶奶在一旁念念有词，说是在祈求丰收。

妈妈把喂牛的面团捏成耕牛及犁具形状去喂牛，在爸爸和叔叔衣服的两个口袋装上种子，让他们向地里撒种。在这个高原上最重要的节日，全家都要围在田边。撒种时要燃起一堆烟，伴着干草的焦煳味，族人看着作为一家长子的爸爸把种子抛向空中，所有人都要将衣襟撩起，意思是让种子落进怀内，并要将这种子带回去。

奶奶作为村里最有福气的老人，端坐在田地中间。老猫死了，老猫的孩子成了奶奶的影子，它在奶奶的怀里，一点儿也不害怕，一双眼睛闪着冰蓝色的光。爸爸一边围绕着奶奶转着圈，一边翻挖着正在解冻的土地。大人们相互分发剩在口袋里的种子，然后一起聚餐。家里已经宰好了羊，所有人聚在炕上，等待着饱餐，必不可少的"代力亚"端上来，香喷喷的。人聚餐的时候，猫也是有福的。

伊萨克怀里的这只小猫，特别乖，他走到哪儿它要跟着。有一次上课去，伊萨克把它装在书包里带进学校，可是在上课时，它竟然跳出来了。它一出现，就引起了一片骚动，所有的同学都喜欢它。不过老师生气了，用力拍着讲桌，因为大家的注意力都在小猫身上，没人听课了。伊萨克只好向老师道歉，保证再也不把猫带进教室。

很多人喜欢猫，说不出什么理由，只是觉得和猫在一起就很开心。伊萨克不是这样，当那只老猫去了天堂之后，他突然觉得自己懂得猫了，相信猫也一定懂得他。

依马木江的烦恼与奋斗

一

　　在渐渐昏黄的乡间小路上，所有的景物都被夕阳渐渐拉黑，如同底片上的影子。这时，路上影影绰绰出现了两个人，一对大小不一的影子，高低参差，忽明忽暗，其中一个扛着比人还要高的农具。十三岁的依马木江显得有些疲倦，闪着一双聪慧的眼睛，不时偏着头，看看背着一大捆干草的妈妈阿依汗。他笑起来露出的牙齿，在暮色中显得格外洁白。

　　妹妹都尔苏力坦从大河坝上回到家，家里没有电灯，她欢蹦着跑进去，又悄悄地回来，显得有些惊慌地站在路口，等着妈妈和哥哥干完农活儿回来。

　　在皎洁的月光下，她看到远远两个人影一高一矮地走过来，她跑过去，紧紧地抱着妈妈，说："妈妈，你终于回来啦。"

"孩子，你怎么了，为什么会发抖？"妈妈捧着她的脸问。

都尔苏力坦做了一个用手端酒瓶的姿势，说："爸爸又喝酒了，在厨房里呼呼地睡着了，我害怕。"

依马木江紧紧地咬住下嘴唇，他的手在月光下微微颤抖。一群黑色的乌鸦，如同旋风般扑地惊起，翅膀沉沉地落到田埂上的树干上，月光为树木和田野镀上了一层银屑。

阿依汗木然地往前走着，她的忧伤被重重的柴草遮住了，可是依马木江看得见。她用手捂住嘴，发出低低的啜泣声。

依马木江连忙放下手中的锄具，接过母亲背上的干草垛，他在月光下看到了一双被泪水浸透的眼睛，那眼角细密的皱纹一直伸进略有花白的鬓发中。

"妈妈，别哭！有我呢，别怕。"依马木江听到自己微微战栗的声音。

"孩子，如果有机会，我绝不会那么糊里糊涂地选择他。这个人除了喝酒就是昏睡，地里的活儿什么都不干，我们家为什么这么穷，都是因为他……"

"妈妈，别说了。"依马木江为妈妈擦拭着眼泪。

"我对开商店的伊明江说过多少回了，不要卖酒给他喝。酒这个害人的东西，把好端端的一个男人给毁了。"妈妈抽抽噎噎地说。

"妈妈，我跟爸爸好好说说，让他以后不要再喝酒了。"依马木江说。

"孩子，什么道理都给他说过了，他不会听的。"妈妈显得无可奈何。

"我让达迪力夏和阿尔曼哥哥去劝劝他吧，爸爸最听他们两个人的话了。"依马木江似乎想起了什么。

"那怎么好意思麻烦别人？"妈妈显得有些犹豫不决，"再说，这本身也不是什么好事情。"

"爸爸一直这样喝下去，可能会更麻烦。"依马木江的眼睛在月光下闪闪发亮，"妈妈，过几天，我和妹妹就要去县城上学了。你要一个人面对爸爸酒后犯浑，我很担心。"依马木江想起了几天前夜里发出的骇人声响。他听到母亲窒息般地呼喊着他的名字，他从睡梦中惊醒，发现不是梦。随即看到爸爸倒在破碎的酒瓶上，满身是血，妈妈身上也是血，她披头散发，眼神惊恐，脸颊红肿，显得颧骨更高了……

"好吧。"妈妈的眉头拧成了"川"字。

"我现在去找他们，你们在这儿等着我。"依马木江说着，朝一幢有亮光的房子跑去。他上了一个坡，回过头远远看见透着亮光的农舍、田野模糊的轮廓，还有不远处妈妈和妹妹期待的身影。

二

　　阿尔曼的眉毛会飞，眼睛会动，爱笑，笑起来像阳光一样干净又透亮，是个善解人意的孩子。然而，他却不会说话。

　　依马木江和他是有年龄差的一对好朋友，每次他见阿尔曼都得仰着头，因为阿尔曼长得太快、太高，一个学期不见，阿尔曼变成了一个壮实魁梧的小伙子。依马木江还向阿尔曼学习了哑语，他们见面交流更加顺畅，那种可以望进彼此灵魂里的眼神，旁人看着也会羡慕。

　　在依马木江看来，阿尔曼虽然不会说话，却非常聪明，他能通过看口型和表情来判断别人要表达的意思。他在电器修理方面几乎是无师自通，谁家的手机、电视、摩托车坏了，都会找他帮忙。阿尔曼有求必应，从不拒绝，所以人缘很好。即使他不会说话，可是什么事，只要有他在，似乎都能解决。

　　阿尔曼的爸爸那夏是个斯文安静的男子，身形俊朗，说话的声音天生深沉。他总共有五个孩子，前三个孩子都是又聋又哑的残疾人，后面的两个儿子是正常的。他为生下几个残疾的孩子感到深深的自责，总是后悔地说，阿尔曼四五岁时还能说个半句话，可是后来就不说了，只能用手势交流。当时，他并没有重视这个事，等发现孩子完全不能说话的时候，晚了。去医院检查，医生说阿尔曼已经错过了最好的治疗时间。

依马木江敲敲阿尔曼家的门，吱呀一声，一道温暖的光柱映射在他身上。阿尔曼看见他，眉毛即刻上下飞舞，眼睛明亮，同时也注意到依马木江低落的神情。当他明白依马木江的意图，立即穿上牛仔夹克衫，戴上一顶鸭舌帽，拉着依马木江去找他的堂哥达迪力夏。达迪力夏是村里最有威望的年轻人，他在村里说话很有分量。不一会儿，达迪力夏发动摩托车的声音响起来，在沉寂的夜晚显得格外清晰。

夜更黑了。山间的夜晚除了大河日夜不息的喧哗混响之外，便是无尽的稠黑。星星升起来了，悬挂在高而远的夜空。黑夜模糊了大山的影子，月亮的光隐在山的背后，整个乡村似乎进入了安睡的模式。

亮光一闪，一辆摩托车从远处驶来，达迪力夏骑着摩托，后面坐着阿尔曼。达迪力夏见到站在田野边无助的阿依汗，说："买木胡加又喝酒了？我们去看看，你不用怕。"

阿依汗说："你们好好劝劝他吧，让他少喝点儿酒，老喝酒对他的身体不好，对孩子影响也不好。"

达迪力夏点点头，一脚油门，摩托车嗖地就开到依马木江家门口。

三

　　天不亮，依马木江扛着农具去地里干活儿了，他要在放假前将所有能干的事都干完。麦子已经熟了，要尽早收割下来。割下来的小麦要用驴一袋袋驮着送去扬麦场，打谷、脱粒。牲畜吃的草要多打一点儿，否则到了冬天，谁也不好过……

　　他学着大人的样子将镰刀、叉子、扫帚、木锨等工具修理一番，带着一种成人的自豪感，走向麦田。在皮勒，麦田顺着山谷呈条状，沿河床铺开，从高处望去，这只是镶嵌在荒山中的一小块漾动着希望的田野，而这些条块状的麦田却是皮勒人基本的生活来源。

　　浓郁的麦香迎风而来，金色的田野泛起阵阵麦浪。群山之下，绿树掩映的村落，瓦蓝的天是皮勒这幅自然画卷的背景。风吹过平坦的麦田，一浪一浪地拍打着成熟的喜悦。从开第一镰起，这项古老的运动就进入了高潮，火辣与忙碌的收麦节奏笼罩着整个村庄，那些弯下腰对大地的恩赐尽情感恩的人们，在麦浪中躬身移动着。路上黄尘飞舞，连空气里也漾动着一种激越的情绪。

站在大片即将收割的麦田里，太阳高悬，一片金黄，人淹没在麦海里。炙热的阳光和风炙烤着胸膛和脊背，汗水不知不觉地顺着皮肤往下淌，淌进依马木江的眼睛里，涩涩的，淌进嘴巴里，咸咸的。他的手掌磨出了水泡，生疼，胳膊上被麦芒刷出许多细小的红点和血痕，汗水一浸，刺疼如同被烧灼。

依马木江正忙着低头干活儿，戴着一顶大草帽的阿尔曼来了。他手脚麻利地帮依马木江一起割麦，不一会儿，脸就涨得通红。依马木江冲他笑笑，露出一口洁白的牙。

"孩子们，太热了，去树荫下歇歇吧。"妈妈递来一条毛巾，心疼地拉着依马木江和阿尔曼坐在树下阴凉地儿。她一边为依马木江轻轻地擦拭着身上的汗水，一边看着阿尔曼咕咚咕咚地喝下一大壶水。她的眼睛微红，欲言又止。

阿尔曼的眼睛会说话，依马木江看懂了他的哑语，是在问："怎么样？还好吗？"依马木江用笑容和哑语手势回复他说："他还好，昨晚平安无事，我们出来干活儿的时候，他还没有睡醒。"

阿尔曼手舞足蹈地比画着，眼睛里满是鼓励，意思是不用担心，他会好起来的。

他们的笑声和着风吹麦浪的声响，飘得很远。就在此时，阿尔曼突然拍拍依马木江的肩膀，指着远远地走来的一个人影，笑得咧开了嘴。

依马木江顺着他的手指望过去，竟然是他再熟悉不过的身影，肩上扛着农具向田野走来。

"是爸爸，爸爸来了。"依马木江激动得要跳起来了。

此时，阿依汗的眉头展开了，她看着远方的田野，不由自主地笑了。

依马木江说："妈妈，你笑起来真好看，你要一直这样该多好呀。"

阿依汗听了，忍不住擦了擦眼睛。

第四章

雏鹰飞翔

雏鹰初飞

一

沙尔瓦汗在步行街一家门市部门前的电线杆旁等着妈妈。突然，他在门市部的玻璃窗上看到一朵像鹰的云彩，不由自主地走神了。接着，他又在玻璃窗的映射中，看见妈妈走进了另一家门市部。

他神思恍惚地追随着那朵云彩。过一会儿，老鹰云飞走了，他去找妈妈，却找不见了。不过他并不怕，妈妈也许过一会儿就会笑吟吟地出现，每次都这样。他显得很笃定，眼睛忽闪忽闪着，他觉得在塔什库尔干是走不丢的，因为县城的每条路他都走过。有时是爸爸妈妈带着他走，更多的时候是自己一个人在街头转来转去。爷爷说得对，在塔什库尔干所有的路都是通的。

他捏了捏衣兜，那一截骨质的鹰笛是不久前过十岁生日的时候，爷爷微笑着放到他手中的。拿出鹰笛，沙白色的骨头在阳光下闪闪发光。不远处是塔什库尔干县的标志性建筑——鹰的图腾柱，那只立在石头柱子上的雄鹰，俯首凝眸，张着巨大的翅膀，俯视着这座高原上的小城。

沙尔瓦汗想起了从乌鲁木齐回来的古丽胡玛尔老师，她目前还在新疆艺术学院学习舞蹈专业，后年才毕业。这次她假期回到家乡，在县文化馆教孩子们跳鹰舞。

沙尔瓦汗感到自己的胳膊和腋窝处有微微的酸痛，上午在文化馆练习跳舞的时候，古丽胡玛尔老师让大家练习双臂上下起伏抖动的姿势，她说那是天上雄鹰的姿态。一起学跳舞的孩子，大的有十一二岁，小的有四五岁，都是被父母送来学习民族舞蹈的。大孩子有时像老师一样去纠正小孩子的不规范动作，而小孩子对比他们大的哥哥姐姐显得非常尊重和顺服。

每天上午沙尔瓦汗去文化馆学跳舞前，总会郑重地穿上一身塔吉克族传统的民族服饰，绿色衬衫的领口和袖口镶有民族花纹，与黑色的马甲、长裤上的花纹相辅相成。这套衣服是爷爷送给他的十岁生日礼物。

他第一次换上这套衣服时，爷爷一边抽着烟，一边眯着眼睛，笑着说："我的小雏鹰，你什么时候才能飞起来？"

沙尔瓦汗

沙尔瓦汗显得有些难为情，他在班里上课总是坐在第一排，早操站队也是站在最前面，而平时一起上学的小伙伴都比他高了。他挠挠头，不好意思地说："爷爷，我不知道自己为什么长得这么慢。"

　　爷爷笑呵呵地说："孩子，不要急。你就是高原上的小树，刚开始长得慢，等地下的根系粗壮了，有营养了，树自然就会长大了。"

二

　　爷爷的老家在热斯喀木。在沙尔瓦汗的记忆中，爷爷总穿着黑色的袷袢①，头戴黑色羊羔毛的图马克帽，脸颊上的红光一直伸展到眼角的皱纹。爷爷的个头相当高大，沙尔瓦汗每次跟着爷爷出行，都感觉是跌跌撞撞地在跟着他的影子走。

　　阳光浓烈的时候，爷爷总是眯缝着眼睛，舒展着又宽又厚的手臂。这时，就会有一只鹰从风中呼啸而来，旋起一阵气流，稳稳当当地落在爷爷的肩膀或者手臂上。

---

①　袷袢：新疆少数民族男性服饰。

爷爷走起路来虎虎生风，穿着黑色套鞋的两只大脚在石头路上踏得飞快，不经意间溅起的细碎黑石子滚得很远很远。天空中的鹰舒张着翅膀，似乎始终与他保持着平行。有时，爷爷会飞身跨上一匹骏马，嘚嘚作响的马蹄搅得一路黄尘飞扬。

在沙尔瓦汗的记忆中，鹰和爷爷总是同时出现，他们像一个相生相伴的整体。无论在哪儿，爷爷总能发出和其他人不一样的声响，那声响就来源于他手中的鹰笛。

这种用鹰骨制成的独特乐器吹奏起来带有两耳生风的感觉，像是从悠远的半空中忽而盘旋而上，忽而俯冲而下，一股看不见的跌宕气流让人有凛然飞舞的乐感。

爷爷怀里的鹰笛颜色是浅古铜色，带着沧桑岁月和鹰魂独有的光泽。那支鹰笛的声音似乎与其他人的鹰笛不一样，吹奏起来音色格外高亢、明亮，凄清又激越，低沉又婉转，好似长空鹰鸣。爷爷说，那是他用最喜欢的一只鹰的翅骨做成的。那只鹰跟了他很多年，是他狩猎的好帮手，却在一次意外中不幸死掉了，他难过了好些日子，直到手上这支叫作"闪电"的鹰笛出世。

说起怎么做成一支鹰笛的，爷爷慢悠悠地说："塔吉克族男人都以能拥有一支鹰笛为傲，可制作鹰笛却是个慢功夫——先从一只故去的鹰的翅膀上取下一对翅骨，把它们截成等长，然后把这些鹰翅骨放到碱土里埋上十天十夜，骨髓才能够完全脱离骨壁。之后，在骨管上开三个音孔，距离和孔径大小要合适，这样吹奏起来才能发出美妙的声音。我喜欢在鹰笛上刻上好看的纹饰，再放在房顶上烟熏三个月，直到将骨头中的油脂完全耗干，一支鹰笛才算真正做好了。这样做成的鹰笛，里面装着的是塔吉克族人最喜欢的音调。你拿起它放到唇边，对着天空动情地吹，就会有鹰随着曲调飞来。"

沙尔瓦汗看着爷爷给驯鹰们一一解开脚扣，鹰随即一只接一只呼啦啦地飞起来。然后，爷爷举起平时架鹰喂食的一只手臂，用哨子发出短促的"嘟、嘟、嘟"的呼叫声，当鹰听到呼唤，回头张望时，爷爷就拿出一块肉，让鹰飞回手臂啄食。

三

"爷爷，你为什么那么喜欢鹰？"沙尔瓦汗好奇地问。

"在古代，鹰就是和塔吉克族人居住在一起的。那时，高原上家家户户都养鹰，就像现在养宠物一样。鹰，白天追随主人狩猎，夜晚给主人看房。塔吉克族人都很爱自己的鹰，把它们看作自己可靠的朋友，亲密的家人。"

爷爷说着，给沙尔瓦汗的胳膊套上一副锃光瓦亮的皮袖套。"来吧，我的小雏鹰，作为一个塔吉克族的小男子汉，你该学会怎么驯鹰，让鹰成为你的好朋友。"

"爷爷，我怕。"虽然爷爷臂膀上的鹰并不大，但沙尔瓦汗却一直不敢靠近。因为这只鹰的眼中时刻流露着警觉又犀利的光芒，像闪亮的刀片一般，令人不寒而栗。

"别怕，孩子，鹰其实是世界上最善良、最高贵的物种。它看起来很骄傲，高高在上，从不和鸟雀在平原上争食，总是飞在高高的山谷之间。但你只要驯服了它，它就是你的，对你忠心耿耿。"爷爷的肩膀上下晃动着，将鹰托在手上，为沙尔瓦汗示范着动作。

沙尔瓦汗感到自己的胸腔里似乎跳出了一匹野马，怦怦直响。看着爷爷坚定的眼神，沙尔瓦汗开始抖动自己的肩膀，在爷爷的口哨下，那只鹰羽翅飞振，发出骇人的声响，那钢针般的鹰爪重重地落在沙尔瓦汗的胳膊上。沙尔瓦汗几乎被那巨大的冲力掀翻在地，他浑身颤抖，甚至听见自己的牙齿上下打战的声响。如果不是爷爷托举着他，他几乎不敢睁开眼睛。这样的过程重复了几次，渐渐地，沙尔瓦汗就不再害怕了。

"好样的，我的小雏鹰。"爷爷亲了亲沙尔瓦汗湿漉漉的额头，收起那只鹰，然后，将它一路送回鹰房里。

沙尔瓦汗意犹未尽地看着鹰房里的鹰，虽然肩膀和胳膊生疼，心中却突然生出了一股莫名的自豪感。

四

爷爷坐在树荫下，很满足地靠在一块大石头上。

"爷爷，我什么时候能像您这样有一只自己的鹰呢？"沙尔瓦汗问。

"我的小雏鹰，你的羽毛还没长满，就想着要驯养一只鹰。"爷爷的白胡子在阳光下透亮。

"想要得到一只猎鹰并不容易，你得到悬崖峭壁上的鹰巢去挑选雏鹰。"顺着爷爷的目光望去，沙尔瓦汗的眼睛一直抵达了远方那高高的山壁。

"爷爷，那么高的大山，你是怎么上去的？"沙尔瓦汗觉得不可思议。

"要用粗绳子捆在腰间，整个人从崖壁吊下半空才能捉到雏鹰。"爷爷吐出一口烟，显得很轻松的样子，"将小雏鹰带回来就可以驯化了，但那是个很熬工夫的活儿。鹰太骄傲了，小雏鹰也一样，到了陌生的环境，它们的性情会变得很暴躁。驯鹰，先要熬鹰，一点儿一点儿地磨炼它的性格。等到雏鹰羽翼丰满的时候，你还得用一些它喜欢猎捕的活物训练它捕食，驯到它可以和我们一起外出打猎，帮我们捕捉兔子、山鸡什么的，才算大功告成。"

五

沙尔瓦汗第一次在热斯喀木老家过肖公巴哈尔节①，那一天他正好十岁。全村人聚在一起，男人们吹着鹰笛，那高亢入云的尖啸声，近乎凄厉的鹰笛声响彻天穹。伴随着鹰笛和手鼓的节奏，穿着盛装的男女老少成双成对地翩翩起舞。男子的双肩上下抖动，双臂起伏翻飞，如山鹰展翅，时而俯冲，时而滑翔，舞姿矫健又粗犷；女人们则将双臂张开，高高举起，如同去迎接一轮艳阳。她们的双手随着节奏从里向外翻旋，如同一副扇动起伏的雌鹰翅膀。她们的动作婀娜多姿，眼眸顾盼生辉，

---

① 肖公巴哈尔节：塔吉克族最大的节日，相当于春节。

与男人们雄健的舞姿配合默契，珠联璧合。

　　沙尔瓦汗看到一位白胡子爷爷起身邀请爷爷同舞，他俩徐展双臂，沿场地边缘缓缓前进，如同一对苍鹰展翅。随着节奏转快，两人互相追逐嬉戏，忽而肩背近贴，侧目相视，快步行进；忽而又蓦然分开跃起，如鹰起隼落。由低到高，拧身旋转，扶摇直上，宛如两只盘旋在高空中相互竞技的苍鹰。

　　沙尔瓦汗被这悠扬起伏的鹰笛和恣意飞扬的舞蹈吸引了，心底难以遏制地产生了一股振翅飞翔的冲动。

　　这时，有一群孩子组成了跳鹰舞的圈子，一个与他年龄相仿的男孩跑过来热诚地邀请他一起跳舞。沙尔瓦汗毫不犹豫地点点头表示加入，毫不扭捏地展开了手臂，亮出了雏鹰飞翔的姿势：展翅、起飞、抖羽、盘升、起伏、盘旋。他跳得那么认真，那么投入，宛如一只雏鹰初次舒展羽翼，飞向高空。

将来做个宇航员

一

依拉木丁和他的两个小伙伴一直坐在麻扎种羊场小学门口，看着眼前的这条通往远方的国道上稀疏来往的车辆，还有那看也看不到尽头的远方。他们在等人，一个他们从未见过的人。

这座中国境内海拔最高的边境小学，也是中国领土最西端的学校，还是离国境线最近的一所学校。学校往东是塔什库尔干县城，朝西是毗邻巴基斯坦的红其拉甫边境口岸，中巴友谊公路正好经过校门。

阿斯买热是麻扎种羊场小学的副校长，这天下午，他接到一个电话，连忙套上黑色西装，戴上一顶黑色的运动帽，面有难色地走出家门。

一出家门，就看见依拉木丁从爸爸的摩托车上跳下来，副校长的眼睛一亮，问："依拉木丁，你去哪儿了？"

依拉木丁连忙回答说："阿斯买热老师，我从山上牧场爷爷那儿回来。"

"爷爷怎么样？"

"爷爷家好得很，我喜欢。我想要有一匹自己的马。我的叔叔说'我的马给你'，叔叔有好多马，在山上，大车过不去，只有小车可以，还要走路呢。"依拉木丁一说到他喜欢的马就不再紧张了，一双褐色的大眼睛明亮又清澈，两颗大门牙似乎比别的牙齿长。

"好吧，现在跟我去学校，叫上几个小伙伴。"

"去学校？好呀，可是现在没有老师，没有学生，只有空荡荡的风在校园里逛来逛去。"

"来了一个作家要了解学校情况，校长让我接待一下，我嗓子疼，汉语说得也不好，你们的汉语说得比我好，我就不说了。"

阿斯买热已经在这所学校任教二十六年了，他曾经在这所小学上过学，考上了喀什师范学校，学习维吾尔语，毕业后又回到母校教书。

"好吧，我叫上居力江和木塔力甫比夏。"

二

　　三个坐在学校门口的男生，一边看着路上的车辆，一边看着在风中摇曳的树。学校对面是一座高耸陡峭的大山，光秃秃的岩壁寸草不生。

　　暑假有半个月没见了，依拉木丁在居力江和木塔力甫比夏的家门口，用自制的鹰笛各吹了一声，两个小伙伴像小马驹一样欢腾地跑出来。一声鹰笛，是他们的约定。小伙伴们凑在一起，交换着彼此的秘密，似乎有说不完的话。

　　呼啸的风声从铅色稠密的云层中浩荡而来，它们对待小孩子似乎从来不客气。依拉木丁的头发在风中被刮成各种奇怪的造型，有时一两粒小沙子会跳进他张大的嘴巴里，气得他扑哧扑哧地吐着粗气，引得两个小伙伴哈哈大笑。

　　那风凉飕飕的，裹挟着雪山的凉意。虽然是七月盛夏，风却毫不扭捏，似乎还是秋天的那缕风，不依不饶地吹得校园里的小树摇摇晃晃。小树在5月才抽芽，光秃秃的枝干上刚刚冒出一点点儿鹅黄绿。依拉木丁每天都会去看一次，嗅一嗅叶子的味道。他会惊喜地告诉小伙伴，叶子里有舌头喜欢的甜味道。

6月的小树则显得兴高采烈，会在阳光下闪着亮油油的叶子，和大家打招呼。只是风总是不停地欺负它们，脾气暴躁地旋过小树冠。叶子在风中呼号着，发出咝咝啦啦的求救声。

"你的鸭舌帽真好看。"依拉木丁摘下居力江的帽子扣在自己的头上。

"这是深圳的李叔叔送给我的，还有这个。"居力江指了指自己身上这件有多个口袋、卡通图案的夹克衫。

"他们为什么要送给你这个？"

"李叔叔是援疆干部，他带了很多人来村里，村里的人家几乎每家都收到了礼物，他们是来和我们结亲戚的。"居力江说，"你家去山上牧场了，所以就没有拿到亲戚的礼物。"

"哦，今天来的作家，会不会给我带礼物？"

"作家？作家是什么？"

"就像我妈妈一样，坐在家里的人？"

"我也不知道，问问阿斯买热老师吧。"

阿斯买热的黑色帽檐下有一双忧郁的灰蓝色眼眸，他沉吟了片刻，说："作家就是写书的人，他会把你们写进书里面。"

几个孩子显得又惊又喜，他们相互看看，又踮起脚看着远方的路，问：“那个作家什么时候能来呀？”

三

依拉木丁用手指在沙土上画着，说："我会写我的名字了。"他的字写得很大。居力江纠正他说："你写字的笔画顺序不对，'依'和'拉'都写得不规范。"说着，居力江用手指重新写了"依"和"拉"两个字。

三个孩子在沙地上一边写着字，一边嬉笑着。居力江见依拉木丁停下手指，看着天上一朵飘飞的云彩，眼睛忽闪忽闪的，不由得笑着捅捅他说："依拉木丁，你还想当杨利伟吗？"

依拉木丁点点头，露出两颗大门牙，认真地说："想。"

依拉木丁清晰地记得自己在电视上看到的那个宇航员。火箭准备升空的场景让他手心里捏了一把汗，他紧张地盯着屏幕，两眼一眨不眨。后来依拉木丁知道那个平头的男人叫杨利伟，看到他乘着火箭"呜——"地升到天上去，依拉木丁激动得一下子跳了起来，好像那一刻自己也飞上了天空。那一阵子，他每天都会守在电视机前等着看杨利伟的消息。杨利伟笑容平和温暖，银色的头盔闪闪发亮，冲着屏幕挥手。他想，如果有一天，我也能像他一样当个太空人，在天上飞来飞去，该多好呢。

有天晚上，他做了一个梦，梦见自己穿上了银色的宇航服，像杨利伟一样，"呜——"的一声，飞到天上去。啊哈，那感觉轻盈自在，比吃妈妈做的酸奶子还要畅快。各种颜色的星星在身边转呀转呀，闪呀闪呀。过去看到星星以为只有银色的光泽，而太空中的星星色泽绮丽，美丽又炫目，有的拖着长长的尾巴，有的顶着像鹿一样的犄角，在深蓝色的太空里自由自在地撒欢。

从地球升到月亮，他的身体变得很轻很轻，他想一把抓住一颗星星的长尾巴，可是那颗长尾星摇摇身体，像和他捉迷藏一样，倏地不见了。一些小星星，闪着好奇的光，围着他绕来绕去。多漂亮的星星呀，抓几只回去给小伙伴看看，他们一定会高兴地把我举到头顶上。这些星星还可以带回去，当电灯照亮，这样妈妈就不会总是为没钱买电长吁短叹了……他用一个大罩子，打捞了好多星星，那些星星被他带着一起亮亮地飞……

正当他还要往上起劲地飞的时候，突然，他感觉身体不知被什么吸住了，不断地往下坠，往下坠。直到"砰"的一声，他重重地摔在炕上——这就是电视上讲的地球引力吗？他揉揉眼睛，看到一道明亮的光打在炕上，他的身上没有亮晶晶的宇航服，手里也没有星星。他听到一阵鹰笛声，得知他的小伙伴来了。

"我将来要当宇航员。"他一边穿着衣服，一边嘴里不停地嘟囔着。

"依拉木丁，快点儿，要迟到了。"他听到居力江的声音。

四

"我将来要当宇航员。"在一起去迎接作家的路上，依拉木丁又对两个小伙伴说出了自己的想法。

两个小伙伴用食指和他的食指抵在一起表示支持。

"居力江，你将来想干什么?"居力江的眼睛正盯着前面在跳动的一只青蛙，他还模仿青蛙一跳一跳地往前走。

"我想当个青蛙。"他的话一说出，引得大家哈哈大笑。

"为什么?"

"因为，一年级学了《井底之蛙》的课文，我就觉得青蛙好玩，想当只青蛙。我学会了青蛙跳，青蛙叫。不过，青蛙在高原上不常见，它是益虫，是好的，不能抓，谁抓谁是坏人。"居力江笑着说，恋恋不舍地目送着那只青蛙消失在草丛中。

突然，依拉木丁像想起什么似的，说："我在草塘边找到了一只青蛙，很想带给你，可是青蛙上不了山，喝不了水，死了。"

居力江难过地推推鸭舌帽，说："你们看到青蛙就抓，这样不好，以后抓青蛙的人我都不喜欢。"

依拉木丁和木塔力甫比夏点点头，脸上闪着细细的绒毛和浅浅的雀斑。

"我将来要当宇航员，等那个作家来了，我要和他说一说这个想法。"依拉木丁走了一路，仍然念念有词。

"阿斯买热老师，你说我将来能成为杨利伟吗？"

"孩子，你将来会成为你自己，独特的你自己。"阿斯买热沉思着说。

铁塔坑的凯迪拉克

一

凯迪拉克在颠簸的路尽头等待他的朋友。

穿绿色阿迪达斯T恤、齐膝短裤，头顶墨镜、黑发微卷的凯迪拉克，与这荒山僻野形成了鲜明的差别。他的家在大河边的高地上，四周是高山绝壁，一条姜黄色的大河肆无忌惮地在河床上奔涌。

远远的地平线出现了一个移动着的黑点儿，那黑点儿越来越大，在赤黄色的土路上显得格外耀眼。直到一辆黑色的车"嘎"的一声，停在凯迪拉克的身边，轮胎旋起一阵黄色的尘烟。一个青年男子跳下车，冲着他喊道："凯迪拉克，什么时候能开一辆真的凯迪拉克来接我啊？"

凯迪拉克走上前，与他的朋友行吻手礼，笑嘻嘻地捅了他一下，说：

"我还是学生呢，有凯迪拉克这个人，就是没有凯迪拉克车，但是你来，我都会在这儿等你，给你烧奶茶喝。"

"哈哈，你这个小伙比凯迪拉克车还要俊十倍。我现在又渴又累，身上直冒火，有碗奶茶喝，这里就是天堂。"青年男子指着车上下来的一行人说，"这些人是要去皮勒采访的记者，一会儿摩托车才能过来接他们，先在你家休息一下。"

一位戴着白头巾的中年妇女抱着光脚的小孩，在门前迎接客人，凯迪拉克说："那是我妈妈和妹妹，已经等了很久了。"说着，他很绅士地在土坯房门前恭敬地邀客人进家。

即便这个荒山下只有两户人家，却能看见高高的草垛、青青的麦田和穿插在其中的稀疏低矮的土坯房。在如此空旷的地方，凯迪拉克的家令人惊讶，门前的馒头花开得鲜艳欲滴，葡萄架下的葡萄青涩地露出一点儿雏形，葡萄叶片攀在搭起的木架上，支撑着一方阴凉。有人正在葡萄架下的木床上酣睡，那梦一定很甜吧。泥地上只看见一只红拖鞋和一只蓝拖鞋，几只鸡在草丛中簌簌穿行。

这间低矮的民居虽然简陋，却是通往皮勒村的必经之地。凯迪拉克的父亲当年从皮勒长途跋涉，翻山越岭，经过铁塔坑，在绝望之际看到这儿有树，有平地，就决意在这儿驻足了。几年前他们从村里迁出。他们的家为皮勒村进出大山的乡亲们提供了一个落脚休憩的地方。

二

这是一间大约有十平方米的土房子，五根柱子支起了一个遮风避雨的居所。土炕上铺着破旧的花毡，一束天光从屋顶射下来，在明亮的光柱中清晰可见旋转上升的浮尘，还有四处乱飞的苍蝇。

凯迪拉克的妈妈去高台上的厨房间忙碌，凯迪拉克在土炕中央铺上印花餐布，端来馕饼。的确，热腾腾的奶茶和关切笑容才是羁旅中的安抚。

与人说话的时候，凯迪拉克总是笑脸相迎，与朋友打招呼的模样显得老成自如。他的声音清朗，想必一定有一副亮嗓。果然，他说小时候特别爱唱歌。他问一位来访的记者："老师，你们真的要去皮勒吗？"记者点点头。

他笑了，眼角竟然有了皱纹："去皮勒的路让洪水冲断了，路很难走，不过有条路走还好了，原来没有路的时候，我们都从刀子一样的悬崖上过的。"

"你家原来是在皮勒吗?"

"是的,就是因为出入太不方便,我们才搬到了这里。"

"你是在塔什库尔干县城上学吗?"

"说来话长,我原本上的是维汉双语学校,上到五年级都在学维吾尔语,后来实行汉语教学,我们这批学生又从一年级开始上学。我也不知道自己到底多大,妈妈也记不清了呢。"

"是谁给你起的凯迪拉克这个名字?"

说起自己的名字,凯迪拉克笑了笑,显得有些羞涩,是父亲起的。说起自己的父亲,他的表情有些沉重。他的父亲在电视上看到了一辆发着金属光泽、在天地间奔跑的长车,就被牢牢地吸引了。对于一个牧民而言,那是他的奢望和梦想。这时,他的儿子出生了,他就为哭声特别响亮的孩子起了这个独特的名字。他的儿子就是他的梦想。

父亲是个喜欢四处游逛的人,他徒步在悬崖峭壁间,沿着叶尔羌河,去了很多村落。后来,他的脚步停在了铁塔坑,从皮勒来到这儿,成为荒山中的第一户。可惜的是,他在凯迪拉克的妹妹出生不久后就去世了。

三

凯迪拉克拿出一本缎面绣花的相册，那精美的物品与他家中的粗简设施是两种不同风格。看得出这本相册是他非常珍贵的物品，每一张照片都摆放得很仔细。翻到一张照片，他的手指久久地停留在那儿，那上面一个穿牛仔裤的汉族女子正在跳鹰舞，笑容比她头上的黄头巾还要灿烂。

凯迪拉克指着一个头戴图马克帽子的孩子说："这是我，那时候上小学六年级。"照片上的凯迪拉克比现在矮很多，有时紧蹙着眉头站在一群孩子中间，有时又很顽皮地咧开嘴笑着。他指着那个女子说："这是何颖阿姨，是中央电视台的记者。"又翻开一页，一张照片上他背着光着脚的何颖正在过河。

看到记者感兴趣的目光，凯迪拉克说起自己带着央视记者去皮勒老家采访的情景。他上六年级的那年秋天，中央电视台的记者何颖来塔什库尔干县采访，在塔什库尔干县小学看到了活泼聪明的凯迪拉克，便问了他的家在哪儿。凯迪拉克回答说老家没有路，没有学校，来上学要走二十多公里的悬崖峭壁，很危险。

何颖听了很惊讶，不相信现在还有这样的地方。但她看到凯迪拉克干净的目光，决定带着央视摄制组去凯迪拉克的老家皮勒村。一路上翻山越岭，攀岩爬壁，每个动作都十分惊险，要不停地冲上岩壁往上爬，每一次都得拼尽全力。不仅要胆大，而且要心细，因为脚下就是滚滚的叶尔羌河，稍不留神就有可能掉入激流翻滚的大河中。

路被不守规矩的大河冲断了，往前走必须蹚着河水才能走到对岸。出现高原反应的何颖面色发白，凯迪拉克主动背着她蹚水过河，虽然何颖起初并不忍心让一个孩子受累，然而凯迪拉克的脾气倔强得像一头小牛。

到了皮勒，这些远道而来的客人受到了全村人的热烈欢迎，这也是皮勒村第一次出现在新闻媒体的视野中。记者们不辞辛苦地走家串户，像发现新大陆一般。他们拍摄了很多乡亲的生活资料。关于皮勒村的消息在央视新闻连着播了好几天。后来，政府在村口修了一座大桥，村民进出村子不再从索道上过河了。再后来，政府修了通往皮勒的山路，村民不再从悬崖上走了。现在出入皮勒，已经方便多了。

四

半年后，北京电视台的记者再次来到塔什库尔干县，把皮勒、米斯空这些边远地区的学生带去北京游学。凯迪拉克坐在一群喊喊喳喳的孩子中间，心里甜滋滋的，脸上乐开了花，在车上就跳起了鹰舞。他第一次坐飞机，第一次住宾馆，第一次看天安门，第一次看了升国旗仪式，第一次登上长城，第一次吃北京烤鸭……何颖听说他来北京，特地来看他。这个相册和一些照片是何颖送给他的，虽然后来再也没有见过她，可是他经常拿出来看看。转眼间，他已经不再是那个喜欢皱眉的调皮小孩子了。

凯迪拉克说："你们如果从皮勒村返回，还可以在我家这儿歇歇脚。"

记者说："你家应该在这里开一家旅社或者奶茶馆，供过路的人休息。"

"那怎么行呢。来往的都是乡里乡亲的，怎么好意思收钱呢？我们家安在这儿，就是给过路的人提供休息和方便的，喝一碗奶茶花不了几个钱。"凯迪拉克的头摇得像拨浪鼓。

这时，进来两个衣着简朴的村民，坐在土炕上，笑容干净，眼神清澈。他们几乎不会说汉语，凯迪拉克做翻译，说："让我家亲戚为你们唱个歌吧。"

虽然屋子里的人彼此语言不通，无法正常交流，可是除了笑容，还有音乐。那把木质的热瓦普，在粗糙手指下弹拨出欢快的乐曲，大家笑成一团，跳起来吧，跳起来呀，直跳得房顶下土。

这间不足十平方米的土房子，屋顶粗糙的树枝裸露在外，简陋的木头柱子没有任何装饰，只有炕上的花毡和叠起成一面墙的被褥花朵缤纷，散发着祥和之美。不过，与路上的险山恶水相比，这里简直就是天堂。

小时候，很多人都笑着调侃凯迪拉克，长大了要开一辆真的凯迪拉克回来。而这个在深山里打草、放羊、自由生长的孩子，此时已然长大了，他真的需要一辆凯迪拉克来证明自己吗？

骑着骆驼去远方

一

到了校园门口，努尔买买提从骆驼背上跳下来，旁边一个黑瘦的青年男子立刻把骆驼拴到树桩上，随即抱起一摞草喂给骆驼。

努尔买买提连忙上前，说："卡日湾老师，让我来干吧。"说着，拿过一大摞草，去喂另一头骆驼。那是卡日湾老师的坐骑。

"你赶紧去吃饭吧。吃完饭要去上晚自习，我给你把之前落下的课补上。"卡日湾老师说。

十一岁的努尔买买提个头矮小，不像同龄孩子的身量。他低垂着长长的眼睫毛，两只手局促地缠绕在一起，脚上一只鞋子的大脚趾处烂了一个破洞。"对不起，老师，让你跑了那么老远的路去找我。"

"你爸爸病倒了，妈妈也有病，他们年龄大了，干不动农活儿。假期你回班迪尔，看到家里的活儿没人干，羊没人放，就帮着爸爸妈妈放羊、干活儿。你是个有孝心的好孩子，我喜欢。"卡日湾老师说话时一字一顿地，每一字每一句都非常清晰。他一边说，一边给骆驼喂草。

二

努尔买买提的家在班迪尔乡位于高山上的一个偏远村落。那里的路几乎全是险峻的山路，村子里不通车，因为车根本开不过去，人们都是骑着骆驼外出的。当初，爸爸把努尔买买提送出来上学，就走了很远的山路。

从努尔买买提一出生，家就在那里，就是那张炕，就是那几间低矮的石头房子。村里的孩子都是放着羊长大的。后来，很多小伙伴都去了学校，家里条件好的去了县城上学，有的则去了镇上，都是寄宿制的学校。小伙伴每年只能见上一两回，有的见面都快不认识了，因为孩子都一年一个样子。

眼看快到开学时间，努尔买买提的妈妈病倒了，她一直发着烧，身上滚烫。家里没有药，去医务所找乡村医生要骑着骆驼走很远的山路。努尔买买提从早上出门，直到下午才赶回家，把那个小小的药片给妈妈喂了下去。看着妈妈发红的脸颊、干裂的嘴唇，努尔买买提心里难过极了。

爸爸的腿去年在搬石头的时候摔断了，至今还没有好。他拖着病腿，一瘸一拐的背影，总让努尔买买提心里发酸，眼泪忍不住会往外淌。不过，他只能偷偷地抹一把眼泪，不能让爸爸看见，因为爸爸会说，你是男子汉了，男子汉不能哭，再苦也要挺下来。

家里总有干不完的农活儿，常常天还没有亮就得起来干活儿，直到晚上天黑了，打谷场上还是有一大堆没晒干的谷子。所有的农具都比努尔买买提的个头高，他使尽了力气，感觉每天都筋疲力尽的，回到家里还要生火、烧奶茶。倒在炕上，在爸爸妈妈的长吁短叹声中，他很快就睡着了。

三

学校，离努尔买买提太远了，可他心里怎么也放不下，放不下卡日湾老师。卡日湾是努尔买买提最喜欢的老师，努尔买买提在班里也是卡日湾老师最喜欢的学生。一直不去学校的话，努尔买买提就见不到自己喜欢的老师和同学，更别提上他喜欢的数学和语文课了。为这个他不知道哭过多少次。可是没办法，家里离不开他。他只能在出去放羊时带上课本，在荒野中，一页一页地看着那上面的每一个字，体味上学的滋味。

昨天下午，努尔买买提正拿着书本看书，身边稀稀拉拉的羊群突然开始骚动不安。他抬头一看，竟然看到卡日湾老师骑着骆驼来了。努尔买买提看见老师就像做梦一样，跑过去抱住老师，忍不住失声痛哭。

"老师，我很想去上学，上学多好呀，我现在特别羡慕那些能在学校念书的孩子们……可是爸爸妈妈年龄大了，干不动活儿，家里只有我一个孩子，我就没法出去……"努尔买买提边哭边说。

"努尔买买提，不要哭了。"卡日湾老师一边为他擦去眼泪，一边安慰说，"只要你想去上学，我会说服你爸爸妈妈的。"

卡日湾来到努尔买买提家，对他的爸妈说，希望孩子能够受到更好的教育，不要像父辈这样受穷，还讲到了国家义务教育政策和学校目前实行的两免一补政策：食宿全免，第二节课课间还给学生补发营养餐，有牛奶、鸡蛋和糕点，保证学生长身体的营养需要。学校为住宿的学生设有专门的生活老师照顾他们,有洗衣房、食堂,还有图书室、舞蹈排练室、电脑室。

努尔买买提的爸爸妈妈听了这些,连连点头,很痛快地决定让他继续去上学,说为了孩子将来能过上好日子,他们能够克服困难。就这样,卡日湾老师带着努尔买买提,骑着骆驼赶回学校来了。

四

卡日湾老师很特别,先说名字吧——卡日湾,塔吉克语的意思是:骑着骆驼去远方。努尔买买提第一次听到这个名字的时候,忍不住笑出了声。后来和老师熟了,老师告诉了他这个名字的来历:这个名字是老师的爸爸给取的,老人家是气象局的干部,也许老师出生的时候,他正骑着骆驼去很遥远的地方吧。

卡日湾老师说这个名字似乎有什么预示,预示着他从县城来到了边远的山区,而且一定要骑着骆驼去很遥远的地方工作。每次,当努尔买买提骑上骆驼出行时,总会想起老师这席话,继而会不由自主地想象自己将来会去什么地方,会做什么工作。

卡日湾是"民考汉"①考入喀什师范学院，然后又以优异的学习成绩从汉语言文学专业毕业，是名副其实的高才生。以他的家庭情况和学历至少可以在县城找上一份好工作，可是，他却来到阿巴提镇布仑木沙乡这个偏远的乡村小学当老师。

　　有些人认为男人应该干些更大的事业，当个"孩子王"有什么意思。可是，卡日湾却偏偏喜欢当老师，喜欢和学生在一起，喜欢这种单纯、快乐的生活。

　　这是卡日湾老师另一个特别的地方。

五

　　布仑木沙乡的条件非常不好，整个乡里只有一口大井，人和牲畜共用一口井。春天经常刮大风，一刮起风来，整个教学楼道都是沙土。学校只有一栋教学楼，学生都是周围乡镇、山村里农牧民的孩子。多数家长都不认识字，因此在进入学校之前，很多同学都和努尔买买提一样，

----

① 民考汉：少数民族学生参加高考时使用汉文答卷的考学学习方式。

对于汉语以及要学的知识一无所知。

一些乡亲不知怎么总结出这样一个说法：塔吉克族的孩子只会唱歌跳舞，学习不行，尤其是数学普遍不好。努尔买买提可不服气，他非常喜欢数学，那些数字和计算方法对他特别有吸引力。他甚至觉得它们原本就睡在他的脑子里，现在被卡日湾老师唤醒，手舞足蹈地跳着舞就冒出来了。老师经常夸努尔买买提，说他很聪明，一教就会。每次上课他都特别积极，抢着回答问题，手总是举得高高的。

卡日湾教过学前班拼音，也教过努尔买买提的语文课，后来又教数学，几乎哪儿缺老师都能见到卡日湾。学校自从实行了汉语教学，很多"民考民"①的老师因为汉语过不了关，无法用汉语上课，只好去教体育、美术或者去后勤工作。学校虽有很多老师，可在一线从事教学的汉语老师却很少，所以能教汉语的老师教学工作量很大，经常是嘶哑着嗓子给学生上课。

很多在塔什库尔干县考上特岗教师的汉族教师，尤其是女老师，因为各种原因都待不长，有的喝不惯奶茶，有的不吃羊肉，有的总是脑袋疼，主要是他们对高原生活不习惯，所以每年、每学期末都会有老师离

---

① 民考民：少数民族学生参加高考时使用本民族语言答卷的考学学习方式。

开学校。可是，每个学期开学，学生们总能在学校门口看到微笑着的卡日湾老师。

努尔买买提每次看到卡日湾老师，都会兴高采烈地和老师打招呼。有一天，当努尔买买提和老师说话的时候，突然发现老师浓黑的头发中夹杂着一根银亮的白发，不禁有些惊诧，说："老师，老师，你怎么都有白头发了呢？"

卡日湾笑着摸摸头，说："从刚参加工作的小伙子到现在，我已经在这里当了十五年的'孩子王'了。"十五年，对努尔买买提而言，漫长得不能想象，他只能怔怔地看着老师的白发。

六

那年秋天，天气特别好，一般有好天气的季节就会有好事情。学生们看到卡日湾的妈妈来了，旁边还有一个脸蛋红扑扑的女子。大家都在议论：卡日湾老师都三十多岁了，他该结婚了呀。

努尔买买提看见卡日湾的妈妈用暖暖的目光看着自己的儿子，眼角浮现出一些浅浅的皱纹。她对卡日湾说："孩子，你该成家了。一直忙着工作，把自己的终身大事都耽误了。你已经三十好几了，周围很多同龄人的孩子都满地跑了呢。"卡日湾一直羞红着脸，显得有些拘谨。

结婚是件新鲜又陌生的事，大家都喜欢参加婚礼，因为婚礼上能吃到很多好吃的，而且能跳舞，大家都盼着生活中能多一点儿婚礼。

在卡日湾老师的婚礼上，学生们开心极了，因为那个脸蛋红扑扑的女子阿斯木古丽成了老师的新娘，她的红头巾和红脸蛋映衬着甜甜的笑窝，好看极了。阿斯木古丽给学生们每人发了一些亮晶晶的糖果，大家一下子都喜欢上了这位师娘。后来，在学校食堂吃午餐的时候，大家发现师娘开始忙里忙外地为学生们打饭。

有同学说："今天的抓饭好香呀，我早就闻到香味，肚子咕咕叫，就坐不住了。"每天的吃饭时间成了大家最快乐的时候。因为吃得香，努尔买买提发现自己的胳膊似乎粗了一点点儿，个头也能够得上宿舍小床的上沿了。

一天，努尔买买提看到有人和卡日湾老师打趣，说他怎么有这么好的福气找到这么一个好妻子。卡日湾憨厚地笑笑，说："我性格腼腆，不太善于交际，周围除了学生就是学生，宿舍教室生活两点一线。要找到一个合心合意的终身伴侣，确实不容易，这回算我运气好。"

过了一段时间，努尔买买提听说卡日湾老师快要有孩子了。他注意到最近一段时间，师娘阿斯木古丽弯腰打水的样子显得很笨拙，他就尽量帮师娘打水、烧火。他还看见师娘微红的脸上显出淡淡的斑点，她的肚子像装着一个气球似的越来越大。卡日湾老师经常从教室匆匆忙忙地赶来，满眼柔光地帮着师娘在食堂忙里忙外。又过了一段时间得知，卡日湾老师家里添了一个男孩子。

七

努尔买买提看到卡日湾老师来找自己时那风尘仆仆的样子，不由得想：老师有了自己的孩子，却放不下教的每一个孩子，这就是伟大吧。他暗暗发誓：落下的课，自己一定要快快地补上。

在回校的路上，卡日湾老师说他还要出趟远门，去遥远的地方找一个在马尔洋乡的学生，那个同学生病回家了，老师要负责把他接回来。这不，车在那儿等着呢，那就是卡日湾老师的骆驼，它还要载着老师去远方。

永远的"夏德曼"老师

一

十三岁的白克木拉提抱着一只小猫，和姐姐热孜宛古丽坐在自家农家乐门前的矮凳上。他一边抚弄着小猫，一边眯着眼睛，偏着头，用力地看着路上的行人。

从小，他的世界就是这样。他用力看，外面的一切在他的眼里总有一种模糊又倾斜的状态。最让他难过的是和别人说话的时候，过好久，会有人拍拍他的肩说："你是在和我说话吗？"还有照相的时候，总有人不停地冲他喊："看这边，看这边，朝前看。"他是在朝前看，并没有往两边看，可是在照片里他总是那个眼睛朝着一边看过去的突兀者，总是不能和大家同步。

199

有时，他还会看到有人指着他的眼睛露出一副嘲笑的表情，那微微上扬的嘴角上的轻视，像刀子一样划过他的心。很长一段时间，他拒绝照相，甚至不敢和不熟悉的人说话。

　　五年级开学的第一节课是语文课，新来的汉族支教老师戴着一副眼镜，显得非常斯文，感觉肚子里一定有很多墨水。这个老师一开口说话，白克木拉提立刻就喜欢上了他。他的普通话带着北京味儿，笑起来很像高原上的五月阳光。

　　这位老师说他叫邵君，老家在山东大海边，如今在北京工作。偶然在中央电视台新闻频道，看了连续播出的讲述边远地区孩子求学的艰辛历程的新闻纪录片，看到记者在皮勒村的蹲点日记，非常震撼。就打电话询问来塔什库尔干支教的条件，随后就决定立马过来。他用几天时间安排好了公司的所有事情，买了机票，从北京飞到乌鲁木齐，再转飞喀什，从喀什坐车到塔什库尔干。就这样，他成为塔什库尔干县中心小学的支教老师。

　　白克木拉提听了邵君老师的介绍，情不自禁地用力为他鼓掌，手心都拍红了。

二

在课间，邵君老师经常带着学生去操场做操、跳绳、玩老鹰捉小鸡的游戏。他身上有一种爸爸的味道，和他在一起，感觉好像什么事都难不倒他。

不过，邵君老师说刚来高原时，他也有不舒服的高原反应。他在喀什坐上出租车去塔什库尔干县，一路上，司机给他讲帕米尔海拔高，一般人会有不同程度的高原反应。在经过慕士塔格峰下的苏巴什达坂的时候，司机问他有没有头疼，他摇摇头，说没有什么感觉。可是到了县城，第二天就头疼，刚开始以为是感冒了，吃了一天的感冒冲剂，可头还是一样地疼，后来才意识到是高原反应。不过，疼了四五天之后，就再没有疼过。

邵君老师对学生说有过头疼反应，阿斯尔古丽第二天就把自家种的黑玛卡带给老师，说喝了这个玛卡水，老师的头就不会再痛了。

邵君老师对高原的一切都感到新奇，走在街上也喜欢到处打听。他不会说塔吉克语，白克木拉提就成了他的小向导和小翻译。只要有时间，他们就会去步行街走走转转，他很快地就会说"扫科特"，还有"赫西"①。

邵君老师似乎喝不惯奶茶，也吃不惯馕，吃了几次还是不适应，就自己做饭吃。起初，他并不知道高原的海拔高、沸点低，第一次做饭连面条都煮不熟，炒鸡蛋也没法炒。后来有位老师告诉他这个奥秘，他才赶快买上高压锅，买点儿鸡鸭牛羊肉，自己在宿舍炖肉吃，补充体能。每次他煮肉的时候，会把学生也叫上，一起分享。

三

秋天的风把叶子吹黄又吹落，当树变得光秃秃的时候，一场大雪会如约而来。接二连三的大雪会把整个塔什库尔干冻住，到处都是白茫茫的。

一天上课，邵君老师看到都尔苏力坦穿得很单薄，鞋子也烂了，就问她怎么不穿厚衣服。她说大雪封山了，爸爸妈妈找不到来县城的车和

---

① 赫西：塔吉克语，再见的意思。

人，没办法及时把厚衣服带来。

下午，大家就看到都尔苏力坦穿了一件簇新的大红羽绒服，可漂亮了，衬得脸蛋红扑扑的。原来是邵君老师趁着中午吃饭的时间，上街给她买的。他还给没有过冬衣服的同学，买了帽子、手套、鞋子，很多同学都感激地叫他"邵爸爸"。

后来，皮勒村的人来到学校，都尔苏力坦的叔叔来给皮勒的孩子统一送衣服，知道邵君老师对孩子们的照顾之后，他非常感激，就把一顶塔吉克族人的帽子送给了邵君老师。邵君老师当即就把帽子戴在头上，来给大家上课。

邵君老师戴上塔吉克族人帽子的样子可威风了，像个国王。大家都笑哈哈地看着他，喜气洋洋的，心里比吃了糖还要甜。

从此，班里的学生除了叫他邵君老师之外，还叫他"夏德曼"①。整个冬天，他都一直戴着这顶帽子，说这帽子特别暖和，也很轻巧，戴在头上，一点儿也不冷。当他戴上这顶帽子上街，很多塔吉克族人都会走过来和他打招呼，对他行吻手礼。这是他应得的礼遇。

邵君老师来塔什库尔干县支教后，每天都有邮包和汇款单。有时，

① 夏德曼：塔吉克语，国王的意思。

他忙不过来的时候，会让白克木拉提帮他取。这些东西有的从北京邮来，有的从山东，有的从大连，还有的从广州邮来。

打开邮包，有的里面是新书包，有的是新棉鞋和文具，有的是一些衣服。每次邮包来的时候，几个男生都会帮着他分物资。邵君老师说："这些都是朋友的朋友寄来的。我的微信群里大概有七八百个从不曾谋面的人，他们经常给我寄钱寄东西。"看到大家不解地望着他，他接着说："我到了塔什库尔干县之后，经常在朋友圈里发一些当地孩子上学及老百姓生活方面真实的图片，一些关注我的朋友就在自己的朋友圈里转发，之后就不断地有不认识的人加我，于是我的圈子越来越大，收到的爱心捐赠也越来越多，有的人寄钱，有的人寄包裹。这些都是一些爱心人士的心意和对我的信任，我也会在朋友圈里发消息告知，将他们的爱心传递下去，送给真正需要的人。"

四

有一天，白克木拉提抬头看黑板，忽然发现自己看不清上面的字了，一节课下来能记住的很少。邵君老师看出他的窘迫，把他从中间位置调到前排，而他坐在第一排还是感到看黑板很吃力。后来，邵君老师带他去县医院检查了眼睛，医生诊断说是弱视、斜视，建议做矫正治疗。可是，白克木拉提的爸爸妈妈都在马尔洋乡，离县城特别远，来县城要翻越两个达坂。而且，他们每天都很忙，白克木拉提觉得爸爸妈妈肯定没有时间因为这个事情来县城。因此，从医院回来，白克木拉提在教室里一个人坐了很久，趴在桌子上哭了。

马克布夏跑来安慰他："邵君老师叫我们去他的宿舍吃饭呢。"白克木拉提只好擦擦眼泪，来到邵君老师的宿舍。还没进门，就听到高压锅哧哧的声响，还闻到了肉的香味，接着就听到自己的肚子咕噜噜地响个不停。

邵君老师的宿舍不大，但是收拾得干干净净。他把课桌当成书桌用，那上面有他的笔记本电脑，还有很多书。

"孩子们，再等等啊，我买了一只鸡，要炖一会儿才能吃。你们先在我这儿看会儿书吧。"邵君老师说着，让大家在书桌上挑选书看。

白克木拉提打开一本书，可是，里面密密麻麻的方块字全都出现了重影。他突然感觉到一阵头疼，像针刺一样，只好连忙合上书本。

邵君老师关切地问他："怎么了？是不是不舒服？"

白克木拉提摇摇头，他有点儿难过，却不知道该怎么形容、诉说这种感觉。

开饭了，扑鼻的香气，嫩滑的鸡肉，让白克木拉提的心情好多了，一下子就忘掉了那些不快。吃完饭，打开音乐，放一支鹰笛舞曲，大家一起跳起鹰舞。邵君老师在一旁也跟着学生们学跳鹰舞。

白克木拉提一遍遍地教他起身、回旋，随着音乐的节奏踩点子，他也学得兴高采烈。

五

白克木拉提的爸爸妈妈一直没有来看他，他自己也忘记了要再去医院的事。而每次写作业的时候，邵君老师总会提醒他：不要勾着腰、歪着头，身板要坐直。

邵君老师还特地把一个布条固定在桌子上，以防学生写作业的时候，不小心又改变了姿势。

上课时，邵君老师总是写满满一黑板的字，学生们课间都舍不得擦掉那些字，有的还在上面反复比画、练习。

白克木拉提原来是那么害怕上语文课，那些汉字长得那么相似，它们的意思他总是会搞混。可是现在白克木拉提特别喜欢语文课，邵君老师在课堂上经常启发学生用几个字造句子。每周要写一篇作文，虽然刚开始，白克木拉提就只会写上几句话，而且多数都有错别字，不通顺的情况居多，但是慢慢地他觉得自己突然认识了好多字，也能写好多字了。不知从何时起，白克木拉提的语文成绩在班上经常是第一名。

可是，很快一个学期过去了，邵君老师要回去了。老师走的时候，大家都哭了，抱在一起不让他走。

他拉着白克木拉提的手说："你的眼睛会好的，看世界需要一双好眼睛。"白克木拉提哭着点点头，温热的眼泪滴在紧紧握在一起的手上。

邵君老师走了之后，白克木拉提和小伙伴难过了很久，之后再也没有人提及他眼睛的事。之后，他小学毕业了，回到了马尔洋乡，帮爸爸看超市和农家乐，偶尔也会想起邵君老师。他听人带话说，邵君老师要带他去北京治疗眼睛，一下子掉了眼泪，没想到远在北京的邵君老师还这么关心一个学生。

邵君老师什么时候再来呢？白克木拉提心想，再见面的时候一定要大声地告诉邵君老师："我很想您，您是我们心中永远的'夏德曼'，塔什库尔干的孩子永远想念您！"

永不告别

　　在古老的帕米尔高原，高海拔高纬度使得这里遗世独立。因连接东西文化的丝绸之路从这里经过，古往今来，帕米尔始终是人类梦想的高地。人类的眼睛追随着鹰的翅膀，渴望飞向帕米尔。

　　世居帕米尔的塔吉克族人，用他们独特的方式守候着自己的家园。他们自喻为"鹰的民族"，爱鹰的羽翼、鹰的眼神、鹰的飞翔、鹰的神魂，崇尚飞向帕米尔之巅的力量。在帕米尔高原上随处可见与鹰相关的图腾柱、图腾画，在这里随时可以领略到鹰笛吹奏出的高亢激越又不失婉转清丽的奇妙乐曲，鹰舞展现出的跌宕多姿又不失优美流畅的奇美舞蹈。

　　当你看到这一切，仔细品味这一切，你会被这种独特的风情所折服，你会拥有鹰一样的视野、眼光和精神。当你深入帕米尔高原，在路上遇见的每一个塔吉克族人，无论大人还是孩子，都会给你发自内心的喜爱与尊重。

由于工作关系，我几度踏上这片高原，并在这里找到了自己的宝藏与知音。那些有着灿烂笑容、干净眼神的孩子，是我克服高原反应和重重困难最深层的动力。

在塔什库尔干县县委宣传部、教育局的倾力支持下，我走访了塔什库尔干县的几所学校的师生。这些学校包括在帕米尔最高峰"冰山之父"的慕士塔格峰山脚下的塔合曼小学，离边境最近的"国门小学"麻扎种羊场小学，帕米尔高原边境上最有特色的达布达尔乡小学及帕米尔高原深处的马尔洋乡小学。

在支教老师邵君先生的帮助下，我被当地朋友艾米尔丁带进了高原最艰苦的村落——皮勒。那些孩子在用你想象不到的方式，在穿越悬崖绝壁和滔滔洪流的路上奔走求学。

我从塔什库尔干的孩子和家长那里听到和看到了一种帕米尔真实的存在情态——他们的先人就在离农舍不远的墓地里长眠，默默地护佑着自己的后代。家长们无不希望自己的孩子能够出去看看外面的世界。这些孩子的眼就是他们的眼；这些孩子的腿就是他们的腿；这些孩子的心愿就是他们未能达成的心愿。

当在帕米尔高原千里之外的书桌上写下这些文字的时候，我每写下一个字，似乎就与我的帕米尔更近了一步。

和我结识的那些孩子也许已经长大，他们会往前走，会过怎样的生活，会有怎样的际遇？我不得而知。但我深信一点，他们是帕米尔的希望，是中国未来的一部分。

每当此际，我总是不断地回想着在帕米尔经历过的一切。如果塔吉克族人是借用鹰的翅膀飞向帕米尔，而我则是通过文字飞向心中的帕米尔。

时光如水，转眼间已是几年过去，可那些在帕米尔高原遇到的人、经过的事，那些笑脸、那些关怀，还那么深地印在我的心里。我知道，帕米尔就在不远的地方等着我，永不告别。

评论

雏鹰亮翅

邱华栋

　　邱华栋，1969年生于新疆昌吉，祖籍河南西峡。16岁开始发表作品。被免试录取到武汉大学中文系。曾任《青年文学》主编、《人民文学》副主编，鲁迅文学院常务副院长。现在中国作家协会工作。文学博士，研究员。

毕然出生于天山脚下的乌鲁木齐。这座被博格达山峰映照的城市，丝绸之路北新道上的重要城池，带着混血的异域气质。毕然本人及写作也无可避免染上了这种先天性的气质。她是眉眼中带有混血气息的汉族人，有着天然的优柔和悲悯之心，并敏感地将写作的目光投向在西部高地生活着的孩子。因此，这本书可以说是她的一本遥望新疆的情感之书。

帕米尔高原高而远、神秘而独特，是"一带一路"的必经之地，也是塔吉克族人世代居住的家园。帕米尔是我经历中不可或缺的过往。第一次上帕米尔高原的塔什库尔干，那情景依然历历在目：高海拔的眩晕和身体的不适，白得耀眼的连绵雪峰，以及在艰苦的物质条件下依然保持淳朴安良本色的塔吉克族老乡们。他们对待外地的来访者，和善而包容、温良而谦让，既不过分热情又有适度的关心，显示着天然高贵的气质。最让我难忘的是当地的孩子，几乎看到的每一个孩子都有一双纯净清澈的大眼睛、浓黑的眉睫，他们在我面前毫不扭捏地亮起歌喉，跳起鹰舞。在塔吉克族人悠扬的鹰笛和有节奏的手鼓中，衬着莹白的慕士塔格雪峰，那些翩然起舞的孩子们，宛如一只只试飞的雏鹰。塔吉克族人有一种很有名的鹰舞，这是对鹰的致敬，也是对人像鹰那样生活的礼赞和向往。

时隔多年，我的生活轨迹从边疆到长江沿岸，又从江城辗转到京城，在节奏匆促的城市生活中，帕米尔始终是我心中一块若隐若现的净土，也许不能称为魂牵梦萦，却会突然在某个瞬间浮现那种史诗般的辽阔和旷达。

在作家毕然的非虚构儿童文学作品《雏鹰飞过帕米尔》中，我又找到了这种久违的感觉，我仿佛看到帕米尔高原那些孩子们的笑脸和闪着亮光的眼睛，仿佛看到了鹰舞在我眼前呈现。

关于帕米尔，二十世纪八十年代有部家喻户晓的电影《冰山上的来客》，让人们了解在遥远的西北边陲帕米尔高原上有一群忠于祖国、热爱家乡的塔吉克族人。而文学作品，尤其是儿童文学作品，涉及塔吉克族孩子的少之又少，对那些可爱的高原孩子而言，不得不说是个遗憾。《雏鹰飞过帕米尔》则弥补了这一空白，毕然用她的脚步丈量体验了帕米尔高原的高远，用她的笔为我们展现了当今帕米尔高原上的儿童群像，让我们看到了在现代科技、文化冲击下的高原现状，以及现代文明给边远地区孩子带来的的影响。

毕然是一个温和的女性，她身上有光，那种潜藏的母性的光辉如同一枚打开的珠蚌，使得任何和她在一起的人都能感受到那种引力。这种天然的气场，使得孩子们一见到她，就会不由自主地围在她身边。她说她在塔什库尔干的经历就是每天和孩子们聊天、玩耍，孩子们会主动约她，一起散步、一起看展览、一起去采访、一起唱歌跳舞……没去几天，走在塔什库尔干的大街上会有很多孩子欢呼雀跃地叫着她的名字，远远地跑来和她打招呼；在老乡家里，每天都有一群孩子围着她，晚上也要和她睡在一个板炕上才安心。那些在路上替她背包的孩子，那些把她的手机号写在胳膊上的孩子，那些攀岩为她寻找、拾捡丢失的镜头盖的孩子，那些为她唱歌跳舞、拿出作业本上小红花给她展示的孩子，那些给她讲述快乐和烦恼的孩子，那些为她采来野花、把花儿插在她的长发上的孩子……她把他们写在了文字中，如果你看到了，同样也会为之感动，孩子有着一颗通透的金子般的心，他们爱你就会把心全部交给你！毕然说只要和孩子在一起，就会感觉无比地快乐和踏实。在帕米尔高原，她从孩子身上找到了精神高地和写作的宝藏。

我在两年前曾看到毕然发在微信中，她在高山绝壁和悬崖激流中行走的照片，那一段时间总能看到她通过微信朋友圈发出的采访行迹，图片所呈现的地理的偏远和险恶程度实则是一场无法预测的探险。为了寻访一个孩子的足迹，她翻山越岭，攀岩爬壁，用了一天的时间抵达了一个锁在深山里的小山村。在当下，多数写作者缺乏对生活的深究和探寻，尤其是面对边疆、农村及条件恶劣的地区，又有多少作家能够扎下身子走下去真正地深入体验生活？而毕然做到了，这是让我钦佩和尊敬的品质。在她的文字中依然能够看到这种优柔的韧性，她的文字温暖而有力量，语言生动又细腻，犹如其人。

毕然的职业是教师，在内地一所大学里教创意写作。由于有假期，她总是会选择在教书写作之余，行走在路上，去看看外面的世界，去体验不一样的生活。《雏鹰飞过帕米尔》就是在路上采撷的珍宝，她被孩子们美妙的歌声和优美的鹰舞吸引了，一次次地奔向帕米尔，她挖到了这座宝藏，如获至宝。她像妈妈一样爱着那些孩子们，每一次的行囊中都会装着各色软皮本、笔、棒棒糖、小镜子、花皮筋和自己的童话书，这些是只会说三句半塔吉克语的毕然能够顺利采访的法宝。和她在一起，任何一个孩子都能得到足够的尊重和鼓励，她会认真倾听每一个孩子的声音，并给予肯定和赞赏的关注和笑容。孩子们争着给他们的毕然老师当翻译，争着邀请她去家里喝奶茶做客，并把自己亲手绣制的花帽戴在她的头上。在塔吉克族人看来，亲手缝制的花帽只送给最尊贵的客人。由于汉语教学在帕米尔的成功推行，当地孩子的汉语个个说得字正腔圆，非常地道，于是这些孩子成为打开帕米尔和塔吉克族人的通道。于是，《雏鹰飞过帕米尔》也成了世界接近帕米尔和塔吉克族人的通道。

这本书的另外的亮点和特色是那些和孩子一样生动怡人的手绘插图。那充满了生命气息的图画和你的眼睛碰触，会让人不由得会心一笑。这些文字有了这些插图，可谓相得益彰，如同飞往帕米尔高原的一双翅膀，相生相伴，缺一不可。

合上本书，抬头远望，那千山万水之外的帕米尔，依然是无数翼翅梦想抵达的高地。看雏鹰亮翅，正飞往永远的帕米尔。而毕然，已然再度出发，走在路上，走向远方，去为我们挖掘文学想象的活水之泉。